共和国故事

电力事业
——新安江水电站建设与运营

张学亮 编写

吉林出版集团股份有限公司

图书在版编目（CIP）数据

电力事业：新安江水电站建设与运营/张学亮编. —长春：吉林出版集团股份有限公司，2009.12

（共和国故事）

ISBN 978-7-5463-1869-1

Ⅰ.①电… Ⅱ.①张… Ⅲ.①纪实文学－中国－当代 Ⅳ.①I25

中国版本图书馆CIP数据核字（2009）第237792号

电力事业——新安江水电站建设与运营
DIANLI SHIYE　XIN'ANJIANG SHUIDIANZHAN JIANSHE YU YUNYING

编　写　　张学亮		
责任编辑　　祖航　林丽		
出版发行　　吉林出版集团股份有限公司		
印　刷　　三河市嵩川印刷有限公司		
版次　2010年1月第1版	2022年1月第8次印刷	
开本　710mm×1000mm　1/16	印张　8　字数　69千	
书号　ISBN 978-7-5463-1869-1	定价　29.80元	
社址　吉林省长春市福祉大路5788号		
电话　0431－81629968		
电子邮箱　tuzi8818@126.com		
版权所有　翻印必究		
如有印装质量问题，请寄本社退换		

前　言

自 1949 年 10 月 1 日中华人民共和国成立至今，新中国已走过了 60 年的风雨历程。历史是一面镜子，我们可以从多视角、多侧面对其进行解读。然而有一点是可以肯定的，那就是，半个多世纪以来，在中国共产党的领导下，中国的政治、经济、军事、外交、文化、教育、科技、社会、民生等领域，都发生了深刻的变化，中国人民站起来了，中华民族已屹立于世界民族之林。

60 年是短暂的，但这 60 年带给中国的却是极不平凡的。60 年的神州大地经历了沧桑巨变。从开国大典到 60 年国庆盛典，从经济战线上的三大战役到经济总量居世界第三位，从对农业、手工业、资本主义工商业的三大改造到社会主义市场经济体制的基本确立，从宜将剩勇追穷寇到建立了强大的国防军，从废除一切不平等条约到独立自主的和平外交政策，从"双百"方针到体制改革后的文化事业欣欣向荣，从扫除文盲到实施科教兴国战略建设新型国家，从翻身解放到实现小康社会，凡此种种，中国人民在每个领域无不留下发展的足迹，写就不朽的诗篇。

60 年的时间在历史的长河中可谓沧海一粟。其间究竟发生了些什么，怎样发生的，过程怎样，结果如何，却非人人都清楚知道的。对此，亲身经历者或可鲜活如昨，但对后来者来说却可能只是一个概念，对某段历史的记忆影像或不存在，或是模糊的。基于此，为了让年轻人，特别是青少年永远铭记共和国这段不朽的历史，我们推出了这套《共和国故事》。

《共和国故事》虽为故事，但却与戏说无关，我们不过是想借助通俗、富于感染力的文字记录这段历史。在丛书的谋篇布局上，我们尽量选取各个时代具有代表性或深具普遍意义的若干事件加以叙述，使其能反映共和国发展的全景和脉络。为了使题目的设置不至于因大而空，我们着眼于每一重大历史事件的缘起、过程、结局、时间、地点、人物等，抓住点滴和些许小事，力求通透。

历史是复杂的，事态的发展因素也是多方面的。由于叙述者的视角、文化构成不同，对事件的认知或有不足，但这不会影响我们对整个历史事件的判断和思考，至于它能否清晰地表达出我们编辑这套书的本意，那只能交给读者去评判了。

这套丛书可谓是一部书写红色记忆的读物，它对于了解共和国的历史、中国共产党的英明领导和中国人民的伟大实践都是不可或缺的。同时，这套丛书又是一套普及性读物，既针对重点阅读人群，也适宜在全民中推广。相信它必将在我国开展的全民阅读活动中发挥大的作用，成为装备中小学图书馆、农家书屋、社区书屋、机关及企事业单位职工图书室、连队图书室等的重点选择对象。

编　者

2010 年 1 月

目录

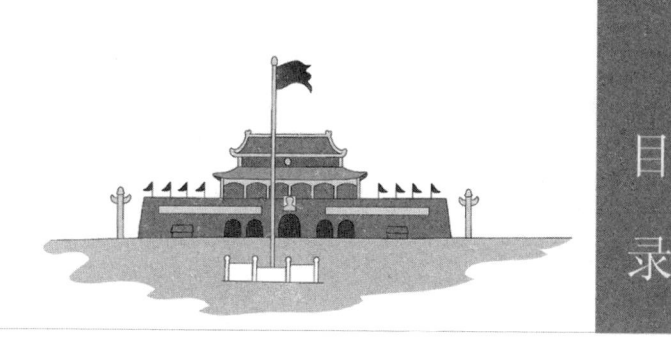

一、决策与规划

燃料部建议开发新安江/002

成立华东水力发电工程局/006

毛泽东决定修建新安江水电站/012

谭震林决定新安江实行一级开发/015

抽调人员组建新安江工程局/021

二、勘测与设计

初步勘测设计水电站坝址/026

进行新安江水电站初步设计/032

召开新安江水电站坝址认证会/039

三、施工与移民

正式施工建设新安江水电站/048

开挖两坝头及开关站基础/054

保证新安江水电站工地通讯畅通/060

记录新安江水电站建设成绩/064

进行右岸河床坝基开挖工程/072

加紧施工建设新安江水电站/080

胡耀邦视察新安江建设工地/085

目录

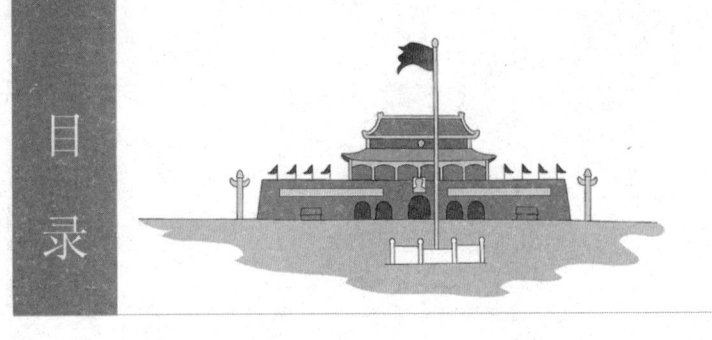

周恩来视察新安江建设工地/090

开展库区移民搬迁安置工作/099

建设者自己动手补充食物/109

进行电站大坝捣固浇筑施工/112

新安江水电站安装发电机组/115

一、决策与规划

- 陈云说:"能在新安江上建一座大型水力发电站,沪杭宁等城市供电就有了保证。"

- 毛泽东说:"新安江上要建大型水力发电站,我支持。但你不能仅想浙江,要为上海、江苏、安徽作贡献。那将是对杭州、上海、南京等地的工业一个大推进。"

- 谭震林说:"新安江开发就按一级开发,移民还是尊重当地人的风俗,就地上山安置为好。一级开发的新安江电站工程一是大坝建设,二是移民安置,两项工作要同时推进。"

燃料部建议开发新安江

1950年，全国解放初期，蒋介石不甘心自己的失败，时刻妄图反攻大陆。作为我国经济中心的上海，更是其攻击、破坏的首要目标。

1950年2月6日上午，上海的各个电厂都在发电，蒋介石的飞机分批进入上海上空，杨浦与闸北两个火电站遭到敌机猛烈轰炸，受到严重破坏。

2月21日，修好发电的闸北电厂再度遭受蒋介石飞机的轰炸，损失更为严重。遭到破坏的上海只有14万千瓦装机容量的上海火电厂还在维持着这个大都市的电力供应，这显然远远不能适应经济建设的发展需要。

为了改变这种状况，国家一边组织防空力量对付蒋介石军队的空袭，一边开始加大电力建设力度。

1952年春节期间，中央财经委员会主任陈云把燃料工业部领导张铁铮叫到中南海，要他汇报水电开发的情况。

当张铁铮汇报到新安江时，陈云这位上海籍的中央主要领导产生了极大的兴趣。他说："能在新安江上建一座大型水力发电站，沪杭宁等城市供电就有了保证。"

这次谈话之后，张铁铮立即组织了几位专家对新安江进行了实地察看。

新安江是钱塘江上游的一条大支流,发源于安徽东南部的黄山、率山,流经歙县、休宁和浙江的淳安、建德4个山区县,再往下便是富春江、钱塘江。

淳安、建德间的新安江落差大,水量丰富,景色壮丽。李白有诗盛赞其清水美景:

青溪清我心,水色异诸水。人行明镜中,鸟度屏风里。借问新安江,见底何如此……

另一位清代诗人黄仲则描写新安江水道滩多流急的诗说道:

一滩复一滩,一滩高十丈,三百六十滩,新安在天上。

新安江流域面积1.2万平方公里,约占钱塘江总流域面积的四分之一,干流全长261公里。

新中国建立后,中国工业起步跃上了新的征途,中南海瞄准了上海的中国工业制高点,但首先要解决它的动力问题。

1952年6月20日,张铁铮又专程赶到杭州,和徐洽时、王宝基三人写成了《新安江水力资源开发的报告》,"报告"以绝密形式报给当时身为华东经委的曾山和谭震林建议在罗桐埠修建一座110米的高坝,年发电量14亿千瓦时，解决华东 10 年甚至 20 年供电不足的问题。

"报告"中说：

> 华东区的水力资源是比较少的。钱塘江的本流和支流是沪、杭、宁主要工业地区距离较近的水力资源：在本流上有七里泷，在支流新安江上有罗桐埠、街口等水力地址。
>
> 罗桐埠的水力资源在位置上是比较合适的，它距离上海和南京均不到 35 公里，在沪杭宁地区内，如以这个电源为枢纽，可以把这个区域内沿线大城市的火电厂都组织在这个输电系统之内。这样就可以充分发挥水力应有的效用，提高火电厂的利用率和根本改变这个区域当前的供电形势。
>
> 同时由于罗桐埠水库容积较大，新安江洪水可以得到充分的调节，即对于钱塘江本流的下游供水也有部分调节作用。对于新安江航运的改进，造成了有利的条件，并可增加七里泷的发电量。
>
> 从国防意义来说，水电厂比火电厂较为可靠。同时罗桐埠的水电厂地处山区，并可以建造成为防空的发电厂。厂房可以放在坝内，也可放在山内。
>
> 根据以上的情况和条件来看，修建罗桐埠

水电厂是非常有利的……

总结起来，罗桐埠水力资源不论在水力、地形、地质、电力供应、水火结合、建造成本和防洪、航运等效益各方面来看，都是非常优越而有利的。在资料的准备上估计明年第一季度即可全部齐备，开始设计。以3年设计5年施工，到1960年即可完成。

"报告"经曾山、谭震林阅后，得到他们的支持，并决定宴请燃料工业部苏联电力专家组，征求他们的看法和意见。张铁铮参加作陪，苏联专家组表示赞成，认为很需要搞这样大的水电站，保证上海供电。

饭后，谭震林、曾山将华东军政委员会工业部部长汪道涵和张铁铮留下商谈，决定由两个途径上报，请中央财经委员会批准：一方面由华东财经委员会报请将新安江水电站列入"一五"计划，另一方面由张铁铮返京取得燃料部同意后上报。

燃料部并安排张铁铮去向国务院副总理李富春汇报。

这一建议很快得到"一五"计划编制领导小组陈云、李富春的批准，同意列入重点基建项目。

成立华东水力发电工程局

1952年，在华东财经委决定上报请求将新安江列入"一五"计划的同时，华东军政委员会工业部部长汪道涵就提出要准备技术干部先进行设计等前期工作。

谭震林问张铁铮需要多少技术干部，张铁铮表示设计施工需要400人左右。

谭震林、曾山当即决定从上海、江苏、浙江和淮阴地委抽调。

1952年末，水电建设总局局长李锐亲赴华东，走访有关省、市，联系催调干部。江苏省委调来了刘桂。

水电总局征得华东工业部同意，以浙江水电工程处为基础，在上海组成华东水力发电工程局，王醒任局长，韩寓吾、刘桂任副局长，覃修典、徐洽时任副局长兼总工程师，覃修典后调任水电科学院院长。

华东水力发电工程局承担新安江、黄坛口、古田溪以及华东其他水电站的勘测设计前期工作和施工任务。在罗桐埠设新安江水电勘测处，负责勘测任务。

1952年下半年开始，国家燃料工业部组织力量开始描绘蓝图，在新安江干流和主要支流上增设了51个水文测量站，搜集整理水文资料。

他们对120米高程以下可能淹没区进行社会经济调

查，对沪宁杭为中心的广大供电区的工农业生产和人民生活用电状况及发展远景进行调查研究，论证开发方案。

谭震林从杭州解放成为浙江省党政军领导那天起，就关注新安江的开发。

1953年，谭震林当任中共中央华东局第三书记后，更是把开发新安江摆上了重要位置。

同年12月，谭震林把浙江省委、上海市委分管经济建设的领导和国家燃料工业部水力发电总局局长请到上海，商议开发新安江一事。

大家一致同意，在浙江省钱塘江水力发电勘察处的基础上，成立华东水利工程局。

一年之后，中共中央华东局决定将华东水力发电工程局更名为上海水力发电勘测设计院。

同时，任命徐洽时担任技术总负责人，担起总工程师的重任。党政领导由王醒担任。

于是，上海水力发电勘测设计院全力以赴投入了新安江开发工程的勘测和设计。他们和燃料工业部一起论证了一级开发和分级开发的可能性和合理性。

上海、浙江、江苏三个省、市当时装机容量不足80万千瓦，一年的发电量也只有15亿千瓦时左右，而浙江所占的比重微乎其微。

谭震林深深感到，江浙沪电力太缺乏了，工业起步的动力严重不足。新安江水电站上马迫在眉睫，它的装机容量将相当于当时14个浙江省的发电容量。

1953年，燃料工业部为水电总局聘请了从苏联列宁格勒水电设计院派遣的专长动能经济和水利计算的库兹涅佐夫和专长水工、机械等的戛瓦利列赤两位专家为顾问。

在苏联专家的指导下，水电总局起草了《河流开发技术经济调查报告编制规程》，并集中各地水电局处的技术负责人学习，同时编制拟开发河流的技术经济报告。

1953年下半年至1954年上半年，就是在这种情况下，由徐洽时、杨德功等技术领导人在北京编制新安江的技术经济报告。

1954年9月、10月间，燃料工业部水电总局根据国家计委、燃料工业部加紧建设汉水水电站的意图，和水利部长江水利委员会邀请黄河规划苏联专家组共同查勘汉水。

在此之后，燃料部水电总局又邀请专家组查勘新安江的罗桐埠坝区。

在听取汇报及现场实地查勘以后，苏联专家组总的印象认为，当时正在进行勘探的三条坝线中，以上线即铜官较好，坝址地质条件较好，可以筑百米以上的高坝，形成多年调节水库，装机容量也很大，综合效益又高，应该选为优先开发的工程。

11月初，大家回到北京后，燃料工业部主管电力的刘澜波副部长征得国家计委领导同意，由计委出面邀请各有关部委局领导及燃料工业部苏联电力专家组和黄河规划苏联专家组,共同审查《新安江开发技术经济调查报告》。

这次会议指定由张铁铮主持,由徐洽时等汇报。

经过会议讨论审查,一致同意该报告。遂由燃料工业部上报国务院计、经委。

燃料工业部党组在讨论上报文稿时,决定先不提开工时间,以便给设计留有余地。

报告经批准后,即据此进行新安江水电站的初步设计,初设批准后,新安江水电站工程正式列入"一五"计划开工项目,并作为全国重点工程。

1955 年 5 月初,他们向中共中央华东局提出了三个开发方案:

一级开发:

罗桐埠建坝 105 米,总装机容量 66.25 万千瓦,淹没耕地 31 万多亩,迁移人口 23.5 万人。

二级开发一方案:

下游一级在罗桐埠建坝,坝高降至 36 米。装机容量 8 万千瓦,迁移人口 2.1 万人,淹没耕地 3 万亩;上游黄江潭建坝坝高降至 55 米,装机容量 14 万千瓦,迁移人口 4.7 万人,淹没耕地 1.7 万多亩。

二级开发二方案:

下游一级仍在罗桐埠建坝,坝高、装机容

量、迁移人口和地亩数和二级开发保持一致。上游一级在云头建坝，坝高73米，装机容量16万千瓦，迁移人口7.3万人，淹没耕地4.6万亩。

三级开发方案因邵村建坝投资较大，发电量所增不多，暂拟不作深入研究。

当时担任中央财经委员会主任的陈云在签发的《新安江开发意见》中指出：

各种开发方案中，如在罗桐埠建坝36米或105米，淹没范围在浙江境内或95%以上在浙江境内。如在云头建坝，淹没将由浙江及安徽分别负担，浙江要占40%，以上意见请华东局考虑。

谭震林拿到中财委的这份沉甸甸的"意见"，颇费思量。

二级开发两个方案迁移人口虽然都不到10万，但是装机容量也就是20多万千瓦。

实施一级开发，66万多千瓦的电力通过电网覆盖半径300公里的长江三角洲，巨大的电流冲向沪宁杭工业地区和浙江、安徽、江西、江苏的城市、农村，会给好多人带来光明！

谭震林又考虑到：

新安江水电站建成后，形成的水库要淹没两座县城，浙江49个乡镇和安徽6个乡镇将沉入湖底。

受淹耕地33万余亩，受淹房屋26万余间，将有23万多人离开故土，迁移他乡，经受重建家园的艰辛。

毛泽东决定修建新安江水电站

浙江可谓毛泽东的"第二故乡",他自第一次到浙江嘉兴参加党的第一次全国代表大会后,就对10多万平方公里的浙江大地产生了感情。

在离开杭州的前一天,年过6旬的毛泽东在当时的浙江省委书记谭启龙陪同下视察了绍兴东湖,波光粼粼的东湖让他心旷神怡。

回到葛岭,兴致正浓的毛泽东想起了井冈山上的老战友江华,当天下午,他在葛岭的书房里召见了当时的浙江省委副书记江华。

毛泽东拉开窗帘,江华忙迎了上去,这两位从井冈山下来的湖南老乡品尝着刚采摘下的西湖龙井,窗外莺雀的鸣叫声和斗艳的桃花把他们带进了美好的回忆和追思中。

他们俩面对后西湖,望着外西湖,看着翠绿的柳条和湖面上泛起的层层涟漪。

毛泽东连声说:"西湖的水多诱人呀。"他突然挑出了水的话题,先向江华说起了曾在杭州的白居易和苏东坡两位"知府"的故事:

唐代长庆年间,白居易任杭州刺史时,有一天他在堤上向东散步,春天的夕阳使他踏着柳荫下的身影,诗性一下喷发出来,"最爱湖东行不足,绿杨荫里白沙堤",后人以此命名为白堤。

北宋元年间,苏轼出任杭州知府时,他见西湖淤泥抬高,便出奇招,南起南屏山,北接岳庙,挖泥筑堤,疏道架桥。苏东坡将西湖分为内外西湖,其间架有桥梁6座,桃柳夹堤,有"六桥烟柳"之称。后人追忆苏轼并将西湖南北堤取名"苏堤"。

说到这里,毛泽东望着江华诙谐地说:"将来有哪位'知府'从钱塘江取水灌入西湖,让西湖水川流不息,那这位'知府'将永远铭记史册。"

绍兴东湖那春和景明,山水相映,一碧万顷的美景又勾起毛泽东对浙江儿女的母亲河钱塘江的美好遐想,满腹诗文的他,脑海中突然蹦出了清代诗人黄仲则"三百六十滩,新安在天上"的诗句。

毛泽东问江华:"听说你们在做新安江的文章?"

江华见毛泽东兴致正盛,便倾吐了自己的雄略大志:"1949年刚解放的浙江省发电装机容量只有3.31万千瓦,年发电量也只有0.59亿千瓦时。到了1953年,全省装机容量也只有4.47万千瓦。全年发电量刚过一亿千瓦时,这与浙江工业快速发展是极不适应的。"

江华接着说:"1947年1月,浙江省钱塘江水利资源勘测队踏勘了新安江,次年4月上书行政院,要求建电站。国民党想要办的事,我们共产党肯定比他们办得好,办得大。新安江电站建起来,我们浙江的电力就没问题了,现在我们浙江的老书记谭震林也很重视这件事。"

毛泽东一拍书桌,用浓重的湖南乡音对江华说:"你这想法好,新安江上要建大型水力发电站,我支持。但你不能仅想浙江,要为上海、江苏、安徽作贡献。如果新安江电站装机容量有个几十万千瓦,每年发几十亿度电,那将是对杭州、上海、南京等地的工业一个大推进。"

1954年5月,即毛泽东离开杭州的第二个月,中共中央就下达决定,任命江华为浙江省委书记,霍士廉为省委副书记。

江华从此主政浙江省党政军工作,这为他施展才华、开发新安江搭起了一个广阔的平台。

谭震林决定新安江实行一级开发

1954年5月24日，中共中央华东局办公厅把浙江、安徽、江苏的主要负责人，金华、徽州、芜湖、盐城、淮阴地委和淳安、建德、遂安等有关县委主要领导及有关部门的负责人请到了上海和平饭店，谭震林亲自主持会议。

在会上，上海水力发电勘测设计院把新安江流域规划的三个方案全盘托出。

刚主政浙江省党政军工作的江华，始终牢记毛泽东给他点的题，他的发言底气十足："淳安是钱塘江流域的甲级县，不管实现哪种开发方案，对淳安，对遂安，对浙江都是一种损失。实行一级开发，淳安、遂安两县41万多人将有20多万人迁往他乡，移民占了两县总人口的一半以上。淳安县将有70%的人要离开故土。浙江要建成一个工业省，没有动力不行，为了全局利益，只得牺牲局部利益，淳安和遂安人民只能奉献和牺牲。浙江省委的意见：要上就上大的。淳安、遂安的工作我们去做，新安江水库移民这项十分艰巨的任务我们浙江省各级党委、政府有决心完成。"

江苏、安徽省的主要领导听了新上任的江华省委书记这铿锵有力的誓言，都表了态。

安徽省委领导说:"我省宣城地区,太平天国时期战事连年,百姓死伤甚多,更有大批外逃,留下可耕熟地、荒地不少,如果实施第一方案,我省除安置歙县6个受淹乡镇两万多名移民任务之外,还乐意接受部分浙江移民。淳安与皖南生活习惯和生产条件类似,做好这项工作难度不大。"

江苏省委领导说:"新安江电站建成后,江苏也是一个受益省,我们理应承担安置移民的任务。"接着他又说:"我们苏北大丰农场海涂面积很大,能够接受大量移民。"

最后,江华提出了移民设想:"新安江水库移民采取就地上山和开发山区相结合的方针,以组织农业生产合作社发展山区土特产来安置移民。"

谭震林听了三位领导的发言,忐忑不安的心一下平静了下来。他激动地站起来说:

听了大家的发言,我心里有了底。

新安江开发就按一级开发,移民还是尊重当地人的风俗,就地上山安置为好。

一级开发的新安江电站工程一是大坝建设,二是移民安置,两项工作要同时推进。

1954年6月7日,浙江省委向中共中央华东局申报了《关于要求成立天目山区经济开发工作委员会的报告》，完全同意新安江水力发电工程按一级开发和就地上山安置移民的方案。

"报告"认为：

> 采取这一个方案，不仅可以从根本上解决上海和沪宁杭地区当前和今后的工农业生产供电需要，而且对于天目山区南部的农林业，发展山区经济，加速国家对农业社会主义改造也极为有利。

为了加强对开发山区经济工作的领导，浙江省委成立天目山区经济开发工作委员会，由省委组织部副部长彭瑞林任主任，王醒和农村工作部副部长高福隆任副主任，并建议安徽省指定一位负责人参加。

时隔三天，谭震林就签发了中共中央华东局以加急电报形式向中共中央呈送的报告。

报告中说：

> 新安江水力发电工程按一级开发需移民24万至27万人，这是一项重大的任务，虽然分期施工将可使移民工作有6年左右的时间去分批有计划地进行，将可减少进行中的困难，但20多万人的移民绝不是一件轻而易举的工作。
>
> 为责成他们在一定的时间内把一级开发的

标高树立起来，以便更周密实际地计算必须迁移的户口人数，只有通过这种实际的计算，才能确有把握地肯定一级开发的移民方针。

另就安徽佛子岭水库移民经验来看，采取就地上山的办法易为群众接受，这主要是因为现在的山区收入比平原好，群众愿意移居山区。

因此只要有一定的时间，开发山区生产是能解决群众的经济生活问题的。但同时必须估计到20多万人上山绝不是轻而易举的工作，希望浙江、安徽省委立即组织力量，责成天目山区经济开发委员会负责领导进行实地勘测，并根据勘测的结果制定移民计划，以便有计划地进行工作。

新安江水力发电工程按一级开发，浙江、安徽省委均同意，华东局亦基本同意，按一级开发，分期施工和以就地上山为主的移民方针等重大问题，则待中央决定。

华东局对新安江的开发下定了决心，对机构、对工作都作出了部署，同意建立天目山区经济开发工作委员会。并希望国家水力发电局将华东水力发电局改为新安江水力发电工程管理局。

天目山区经济开发工作委员会组织了300人的调查队，并指派和吸收了许多农业经济专家参加调查研究和规划工作，制订切实可行的移垦方案，以便顺利完成移民任务。

电力工业部认为，浙江省党政领导这样认真负责地对待这项艰巨的工作，是完全正确的，对保证新安江水电站的顺利建设，也是十分必要的。因此，电力工业部和水电总局应当积极支持这一措施，建议国务院、国家建委将移民费用拨交地方，由地方保证移民工作的顺利完成。

同时，华东局也看到新安江水力发电工程一级开发移民24万至27万人工作的艰巨。如果按华东局报告中计算，6年时间去分批完成移民计划，那新安江水库的移民将会有条不紊地推进。

1954年后，由于全国水电建设蓬勃开展，总局又决定在全国成立八大设计院和相应的工程国家局。开发中国所拥有的独步世界的水力资源的号角吹响了。

1955年10月7日，国家建设委员会下达《对新安江技术经济报告的审核意见》，批准了新安江水电站一级开发的方案。

1954年5月24日，自谭震林在华东会议上拍板确定新安江实现一级开发到国家建委下达批准意见书的16个月中，浙江天目山区经济开发工作委员会组织开展了新安江库区移民安置的前期准备工作。

水力发电建设总局设计处编写了新安江流域规划和技术经济调查报告。

就一级开发和在技术上的可能性和经济上的合理性作了比较充分的论证，并且提出了水电站的坝址和工程规模选择的建议方案。

1956年8月，进行施工准备，同时将技术设计和施工详图设计两个设计阶段的勘测设计工作合并为"技施设计"一个阶段进行。

抽调人员组建新安江工程局

1954年秋冬,华东水电局为兴建新安江水电站在人事上开始进行调整。华东局组织部先后从江苏省调来刘桂、从福建省调来郭林到华东水电局任副局长。

此时,黄坛口工程处刘绍文处长赴苏联实习,为加强黄坛口工程处领导并为新安江工程培训干部,郭林兼任处长。另抽出4名处长并一般干部,由郭林带队一并到黄坛口,按专业分工实习并帮助工作。

早在新中国成立前,徐洽时等工程技术人员对开发新安江水能资源就曾作过勘察和初步研究。新中国成立初,黄坛口水电站建设的同时,成立了新安江勘测处,以东铜官镇为基地,对罗桐埠、铜官坝址做了大量勘测工作,以此为资料选定了铜官坝址和高坝方案。

新安江工程大,淹没大,移民也多。电站兴建列为国家重点项目,得到华东局和浙江省的大力支持。

燃料工业部征得华东局、上海市的同意作出决定,成立上海水电勘设院。勘设院以华东水电局为基础,水电总局从北京、古田抽调技术领导和大批设计骨干,华东水利部及上海市有关部门调援了各专业工程师。

黄坛口工程处是新安江水电站兴建的基础力量。

1954年,因左坝头发现严重地质问题,需补作勘探设计，工程被迫停工。除留守、维护、勘探人员外，其余全部施工队伍，奉总局令由郭林带队调援上犹江水电站。大家随同前往。

后又决定郭林、刘坚留下，几位干部又回到华东水电局原工作岗位。

1955年，上海院组建，同时也开始了新安江工程局的筹建工作。由于钱振东是人事处长，参与了上海院的组建，从事来人接待、人事关系的办理，及向华东局、上海市委组织部请示联系技术干部的调援工作。此后不久，新安江工程局局长王醒正式告诉钱振东，决定抽他参加新安江工程局筹建工作，并说将来到工地改做施工工作，可打前站进行施工准备。

钱振东听到能参加新安江大电站的建设，如同当年初上战场，既激动，又认真，他愉快地接受了领导的决定。

1956年秋，钱振东奉王醒的指示，与翁世俭工程师去北京向总局请调技术干部和施工队伍。因为有打前站的前言，虽然钱振东当时是人事处长，为建设新安江要队伍、争干部，但他内心想得更多的，是要当技术干部，组织队伍下工地、搞施工，完成建设任务。

因此，钱振东下定决心：请调任务不落实不完成，不走，不回。翁世俭做钱振东的参谋。到总局后，他们找干部处、劳资处、工程处，反复汇报，不厌其烦地催促解决。

由于拖了很长时间没有结果,他们就直闯辕门,向李锐局长写报告,请召见,终于获准接见。

钱振东尚未详说情况,李锐就说:"好了,不要多说了!工程大,我知道;技术要求高,我懂得;需要工程师、施工队伍,我理解。"

接着李锐又说:"不解决你赖着不走,总局决定,多给你们大学生,并决定将官厅工程处、丰满土建队全部调新安江。总局出介绍信,你们要亲自跑,多宣传,做好动员工作,要关心人家,团结人家,重用人家,家属要带去,安排好。好了,走吧!"

钱振东和翁世俭两人高兴地退出。为新安江要队伍争干部,在总局赖了一个多月,总算成功了,他们都在高兴中颇感洋洋得意,觉得就得这样盯着干。

他们先到官厅,后去长春东北水电局,再转到丰满。所到之处,都得到了当地领导的关心、重视及热情接待,都表示服从调动,愿意参加新安江大电站建设。

随后召开座谈会,钱振东汇报情况,欢迎以老队伍为骨干,充实扩大加强,建设新安江;并说浙江气候好,物价低,工资待遇不降低,随工家属全部带去,还要建职工小学,使子弟能够上学。

随后,工程局与该处队领导商定,先派先遣组了解情况,商讨干部使用、队伍调配、接受任务,以及安家等事宜,随后组织队伍尽快转移,早进点,早开工,以加快工程施工。

双方同时商定，家属全去，但要晚走，等住房建好再搬迁，以利安家和生活安排。

完成了请调任务，钱振东和翁世俭回到上海向领导汇报了两支队伍的干部、工人情况，传达了李锐局长的指示。

1956年8月，为招收民工早开工，同时为迎接官厅、丰满队伍的到来，钱振东、翁世俭和全国富等人又急急忙忙到新安江西铜官镇安家，宣告开挖工区成立，招收民工组建队伍，开始了施工区道路的施工。

1956年底到1957年初，官厅工程处全建制1000多名职工，丰满土建队700多人，先后到达新安江。

1957年秋冬，黄坛口支援上犹江的队伍也陆续调回新安江。于是以3支老队伍为骨干，与省里抽调来的党政干部和竹、木、瓦、石等技术工人以及大批民工，组成了新安江工程局各工区、厂、站的施工队伍。

二、勘测与设计

- 经过审慎的权衡比较,《技术经济报告》推荐新安江一级开发方案并列为第一期兴建的工程,经主管部门审查获得了批准。

- 随着地质勘测工作的逐步深入,罗桐埠坝址同上游的铜官坝址在地形地貌和地质构造比较,铜官坝址优于罗桐埠坝址。

- 张光斗说:"在苏联专家指导下,许多同志进行了长期的工作。结果正是在铜官段是有条件造高坝的。但是,我们还必须小心,一是石灰岩区的漏水问题要彻底搞清楚;二是靠近坝址的大断层、小的破碎带,地质构造要搞清。"

初步勘测设计水电站坝址

1952年,我国开发新安江的勘探人员只有5个人,而且缺乏对大型水电站的勘探经验。

这时,苏联派来了一批地质水电专家,其中有参与号称水电里程碑的第聂伯水电站建设的苏联地质专家卡伐里列次,水文专家鲁赤金。

当时勘测设计的5个人已进行了流域踏勘,并进行了糟探,认为坝址应该在罗桐埠。

苏联专家卡伐里列次却认为,建设这样大的水电站不能光踏勘地面,还需通过钻探的方法,扩大勘探的范围,以便相互比较。

在苏联专家的指导下,新安江上的工程地质人员根据苏联水力发电工程地质勘探规范程序,组成了踏勘队。有计划、有步骤地从新安江上游至新安江的下游,开始了全面踏勘工作,制定了技术上最可靠、经济上最合理的坝址建议方案。

自卡伐里列次、鲁赤金等专家到新安江以后,不断有苏联专家加入,工程地质专家那廖托夫、科洛略夫、马舒柯夫、巴赫吉阿夫和黄河专家组的奥加林等,为新安江水电站工程的地质勘探工作提出的建议就有56条。

在苏联专家的指导下,完成了《新安江技术经济调查报告》。

1954年，在燃料工业部水力发电建设总局的领导下，以徐洽时为首，组织人员在已有的钱塘江资料基础上，进行地形、地质、水文等补充勘测、调查和分析工作，对开发利用钱塘江水能资源的方式进行各种方案的技术经济研究比较。

早在抗日战争胜利后不久，资源委员会全国水力发电工程总处在杭州成立"钱塘江勘测处"，由徐洽时任主任，搜集有关钱塘江水能资源的各种资料，并进行查勘和初步勘测研究。

当时处内的技术人员有吴元猷、陈述、马钟珩、张汝舫、胡成俊、马君寿等人。

1947年秋，徐洽时和马君寿自杭州溯江而上，利用当时仅有的五万分之一地形图，查勘富春江峡谷河段和新安江在歙县以下的各可能坝段，以及当时地形、河势、交通条件以及水库淹没的大概情况。

根据查勘结果，结合当时不可能兴建大型水电站的具体情况，对新安江的水能资源初拟了低水头的梯级开发利用方式，并按此进行初步的勘测工作。

1948年，国民党统治面临崩溃，新安江的初步勘测和水能利用研究也随之陷于停顿。

但是，当时钱塘江勘测处的全体员工在徐洽时领导下，紧密团结，保护了所有资料、设备和资产，安全地迎接了解放。

新中国成立后,为了满足上海市经济发展的用电需要,把开发新安江丰富的水力资源摆上了议事日程。

1952年,钱塘江水电勘测处和浙江省地质所,共同组织力量,从安徽的屯溪至浙江建德洋溪全长182公里间,全面开展勘测研究并设想了开发方案。

之后,又组织了10多人,对安徽省的休宁、屯溪、歙县及浙江省的淳安、遂安、建德三县经济状况和可能淹没损失作了初步调查研究。

同时,沿江增设了50来处水文观测站,全面开展水文观测工作。

1953年12月,水利水电建设总局在此基础上,又组织了华东水电工程局和浙江省有关部门共18人,在总局总工程师黄育贤率领下,对全河段进行了踏勘研究,写成了踏勘报告。

1954年初,水利水电总局下达了新安江水电站工程技术经济调查报告任务书。华东水电工程局新安江勘测队和地质部新安江地质队,对踏勘报告建议的街口、黄江潭、云头、邵村、芹坑、铜关、罗桐埠、白沙等可能建坝的坝址进行初步地质勘探。

之后,总局勘测设计院对8处坝址不同组合的一级、二级、三级开发方案研究比较,选出罗桐埠一级和罗桐埠、黄江潭二级开发方案。

两个开发方案论证比较,一级开发方案远优于二级开发方案。一级开发方案主要是装机容量大、发电多,基本能满足上海用电的迫切需要。但是，淹没土地多，迁移人口多。

同年5月，中共华东局召开浙江、安徽、江苏省委和金华、惠州、芜湖、盐城、淮阴地委和有关县委以及各有关部门负责人参加的会议，听取了新安江流域规划工作的汇报。为了满足沪、宁、杭广大地区，主要是上海市的用电的紧迫需要，会议确定新安江水力资源采取一级开发的方案。浙江、安徽两省承担了水库淹没区20多万人的迁移及安置的艰巨任务。

1954年7月，由水力发电建设总局组织编写了新安江流域技术经济调查报告，就一级开发在技术上的可能性和经济上的合理性作了比较充分的论证，并且提出了水电站的坝址、工程规模选择的建议方案。

1954年底，张锋从华东军政委员会财政部调到燃料工业部上海水电勘测设计院，分配在院专家工作室，负责专家建议的管理工作。

那时，上海水电勘设院尚没有固定的苏联专家。勘测设计中遇到的技术难题都是编制计划，水利水电建设总局根据专业性质，组派有关专业的苏联专家来上海和新安江工地指导解决。

当时，新安江沿江设立的水文观测站太少，且历史短，远不能满足大型水电站设计要求。

新安江水电站无论从拦河大坝高度、水库容量，还是安装水轮发电机机组台数、容量，都属于大型水电站。

设计这样一座大型水电站必须有足够的历史水文资料，才能做出准确的科学的设计。

但是，在新中国成立前沿江设立的水文观测站极少，仅有罗桐埠等几处水文观测站，从1930年起始有观测资料。且在抗日战争期间几经中断，资料残缺不全，准确度很低。

1952年，在河流开发规划阶段，陆续在沿江布设了52处水文观测站，进行雨量、水位、流量的观测。同时组织人员进行洪水调查，查抄各县县志，与实地洪水痕迹相互印证。

但是，这些水文资料还远远不能满足设计需要。于是就这一问题向苏联水文专家库兹涅佐夫请教，库兹涅佐夫介绍了苏联在这方面的经验。

库兹涅佐夫说，苏联在这样大型水电站建设中也遇到过类似问题。在苏联是借用邻近大型河流的水文观测资料，与本流域观测的水文资料相互对照插补，以补充本流域观测资料的不足。

于是，中国的水文工作者，一是利用本流域的实测资料；二是从1952年起，先后3次组织人员进行洪水调查；三是与临近的兰江流域观测资料相核对，并参考钱塘江26年及上海、南京等地38年的气象资料，经相关补插延长，获得比较系统、完整的21年的水文资料，作为电站初步设计的依据。

1954年，大家完成了《技术经济报告》上报。

通过《技术经济报告》阶段的补充地质地形勘探工作，证实在新安江干流上的铜官坝段修建百余米高的混凝土坝，在地质条件上是可行的。

在铜官坝段修建高坝，对新安江水能资源进行一级开发。高坝所形成的巨大调节水库，可充分拦蓄调节铜官以上的径流用于发电。

高坝还可集中新安江的天然落差，形成高落差的发电水头，这样能极大地提高新安江水能资源的利用率。

巨大的水库还能使新安江水电站在华东电网中更好地发挥其调峰、调频和备用作用。

此外，新安江水库还可调蓄上游洪水，削减下泄洪峰流量，对下游沿江两岸将起到巨大的防洪作用。水库还有发展渔业、旅游，改善库区和下游枯水期内航运条件等效益。

一级开发在施工、运行的管理上也比梯级开发集中。所以一级开发方案在经济效益上显然要比以往初拟的梯级方案优越。

当然，巨大水库所造成的大量土地淹没是一级开发方案最大的缺点，但在当时我国人口还未大量增加，耕地缺少的矛盾还不突出的情况下，这一缺点还不足以掩盖一级开发方案在经济效益上的显著优越性。

所以，经过审慎的权衡比较，《技术经济报告》推荐新安江一级开发方案并列为第一期兴建的工程，经主管部门审查获得了批准。

进行新安江水电站初步设计

1954年，在钱塘江水能资源开发利用的《技术经济报告》被审查批准后，为了编制新安江水电站初步设计，水力发电建设总局决定筹建上海水力发电勘测设计院，主要负责进行新安江水电站初步设计阶段的勘测设计工作。

同年冬天，勘测设计院在王醒、刘桂、徐洽时、覃修典等领导下开始组建。

各级和行政领导由地方调派，技术干部由总局调来一部分骨干，主要在上海市及江、浙两省吸收。

为了使新从事水电勘测设计的人员能迅速掌握水电站勘测设计的技术要求和方法，总局又派来一部分主要技术骨干进行短期技术指导。

同时，总局还及时调集各工种的勘测工人和勘测设备，使初步设计阶段的各项勘测工作得以顺利开展。

初步设计由杨德功担任设计总工程师，负责全面技术工作。初设一开始就较大规模地开展勘测工作。

1955年的春天，金灿灿的油菜花开满山坡田野，也是艾溪江江岸杨柳青青的时光，家住艾溪江边的青年邵根清从寿昌回到家的时候已经是午后两点多了。

邵根清早已饿坏肚子了，他连忙端起饭碗，一碗接一碗地扒着米饭。由于肚子实在太饿，饭吃得太快也吃得太多，饭吃好后人已像一只企鹅了，邵根清坐在凳子上，竟然怎么也站不起来了。

邵根清肚子既胀又痛，十分难受，他只好躺在凳子上一动不动地休息了一会儿，待食物慢慢消化掉后才站起身来。

为了活动活动身子帮助消化，邵根清走到了村前的艾溪江旁，他一时兴起，脱了衣服又从杨柳树下潜入水底，不时摸出一条条黄刺鱼扔到岸上的油菜田里。

摸着摸着，不知什么时候江堤上已站着两个穿军装的人，他们一人推着一辆自行车，十分好奇专注地看邵根清摸鱼。

邵根清怕他们趁自己潜水摸鱼时将丢在油菜田里的那些鱼一一捡走，于是他爬上岸折条柳枝将一条条鱼串了起来。

这时，一个年纪大点的军人低头问邵根清："小同志，去更楼乡政府往哪个方向走？"

邵根清早就是个青年团员了，当时县里正要求大家提高警惕，严防美蒋特务前来搞破坏。

邵根清怀疑他俩有可能是台湾过来的特务，便反问他们："找乡政府有什么事？"

年纪大的抬手向西一指，说："要在你们对面的山那边建造一个大型水力发电站，我们是上面派来搞勘察的。"

邵根清高兴地说:"要造一个大型水电站?电站造好,那我们以后点灯可不用油了?"

那人回答说:"是呀!不仅点灯不要油,电站建起后还要办许多大工厂呢!"

一听说要造水电站,邵根清立马来了兴致,串完了鱼,就对那两个人说:"我带你们去乡政府吧。"

邵根清一边走又一边回过头问他们:"你们找我们的乡政府做啥?"

他们说:"来你乡里招3名测量工人。"

邵根清马上问:"招工人?我可以吗?"

其中一个人说:"你刚才的水性我们已观察了好久了,我们的工作确实很需要一个有水性的人,但这还要征求地方政府的意见呢。"

邵根清将他们带到乡政府交给一个他有点熟悉的副乡长,兴高采烈地陪他们坐了下来,他们却叫邵根清一人先回家去,说:"如果要你的话,我们会通知你的。"

快吃晚饭的时候,副乡长带着他们就来到邵根清家,说:"我们已决定录用你了,现在来你们家问问你父母同不同意。"

家里哪有不同意的,邵根清的爸妈高兴得连嘴巴都合不拢了!

前来招工的那个年纪大点的人,是刚从朝鲜战场退役的一位团级干部,名叫王靖西,当时任航空测量大队新安江区队队长,年轻一些的是他的通讯员。

同时被招工的还有王山坳、后塘村各一人。他们的队部设在铜官。

到了队部，他们便一人领到了一辆崭新的自行车，邵根清高兴得不得了，一有空王靖西就叫通讯员陪他学骑车。

王靖西队长安排邵根清的工作是在测量大队做机要通讯，其他两位帮助背测量仪器等设备。

因新安江电站建设之前，测量大队要将电站附近的所有地貌、地形、地质结构以及航空图片都一一勘察清楚。

邵根清的机要通讯工作，就是负责把各地测量分队测量好的资料及时送到队部。这种工作性质是绝对保密的，对谁都不准说。

传送资料时，方便骑自行车的地方骑车，不能骑就把车撂在别人家里继续赶路。邵根清里面背一只帆布资料袋，外面穿一身在家里外出时穿的衣服，将资料袋掩饰着。

邵根清想："如果遇到坏人，我必须先保证资料的安全，若实在保护不了，就得设法销毁，千万不能落到坏人手里。"

当时，建德、寿昌、淳安、遂安县的乡下，根本没有通什么公路，也没有建什么大桥，所以，邵根清常在兰江、富春江、新安江、寿昌江等江旁或深山里穿行出没接送资料，在过江时，不可能找到有什么渡船，也没有时间让他去等乘渡船。

每当要过江蹚水时，邵根清就脱下衣服将资料袋包擎在头顶，使出他的看家功夫，摇摇晃晃地踩着江水渡过江去。

第一次在茶园码头过江时，邵根清从东岸下水踩到西岸，有400多米。有一次从兰溪的溪西下水，从西岸踩到东岸足有500多米。

当时江里没大坝拦着，水流很急，但邵根清不怕，每次踩渡都十分成功。

这工作从开始到结束共为半年，在这半年里，邵根清下江踩水送资料先后有过20多次。由于年轻加上水性又好，一次危险的事情都没有发生，所送的资料也从没弄湿过。

测量工作结束后，其他两位老乡就回家了，而邵根清却让王靖西留了下来。

电站在初步设计中，大家借鉴了苏联的有益经验。对《技术经济报告》建议的坝址铜官峡谷和罗桐埠峡谷进行了大量的深入细致的地质勘探和试验；对各种可能的坝型及其规模、蓄水高程、装机容量、机组台数等，作了大量、周密、细致的调查研究和多方案比较论证。

1955年夏，为了在铜官坝段内初选几个比较坝址，勘测设计院分别进行地质测绘、地面勘探、洞探、钻探等选坝勘探工作，根据所获得的地形、地质资料在工地进行选坝。

1955 年 10 月，国家建委批准新安江作一级开发，初定坝址为罗桐埠。随着地质勘测工作的逐步深入，罗桐埠坝址同上游的铜官坝址比较，地形地貌和地质构造铜官坝址优于罗桐埠坝址。

勘测设计院经过深入的技术经济比较，初步选用了铜官坝址。

然后，大家对铜官坝址进一步进行工程地质勘探，查明主要工程地质问题，为初步设计和选定坝轴线提供地质资料。

当时，为了查明所选铜官坝址的坝基地质条件，在河床以下约 40 米深处开挖一条过河探洞，先在右岸河滩上开挖一眼施工竖井至所需深度，然后自井底横跨河床开挖水平探洞直达左岸。

在当时开挖、排水和升降运输设备条件相当落后的情况下，勘探者为了保证安全、迅速地施工，兢兢业业，不怕困难，如期安全地完成了任务，挖成我国第一条国家过河地质探洞，为选用铜官坝址和选择坝轴线提供了可靠资料。

为了查明水库一侧石灰岩分水岭是否会导致向库外漏水，在分水岭高处钻水文地质深孔，量测得地下水位在最低时也高出水库正常蓄水位，于是排除了水库漏水问题。

然后，大家进行天然骨料场的勘探，以查明骨料场的储量、开采条件和骨料的物理力学特性，提供选择料场所需的资料。

同时还进行坝基灌浆试验，探索灌浆技术，检查灌浆效果，为坝基灌浆处理设计提供依据。

在测量方面，大家建立了三角平面控制网和进行精密水准测量，重测万分之一高坝的水库地形图和五百分之一坝址及施工场地的地形图、料场地形图和有关的运输路线地形图。

在水文观测方面，勘测人员进行了新安江的历史洪水调查，加强已设立的水文测站，增设一些水文测站，以提高水文分析成果和施工期与运行期的洪水水文预报的可靠度。

这些工作都为提高初步设计的质量作出了贡献。

初步设计的设计工作，是勘测设计院的主要任务，集中了主要技术力量在院中进行。总局也请当时在总局的苏联专家，配合各专业的设计进度，来上海院进行指导。

大家参与新安江水电站初步设计，都以能参与我国自建的第一座大型水电站的设计为荣，忘我地努力工作着。

召开新安江水电站坝址认证会

1955年10至11月间,坝址选择委员会选定铜官为电站主坝址,罗桐埠为副坝址。

如果勘探结果,铜官坝址上游左岸方村高岭一带石灰岩分布区水库蓄水后向库区下游大量漏水,铜官坝址就不能用,就必然改罗桐埠为坝址了。

1955年11月2日8时,新安江水电站选址委员会在建德铜官地质队会议室进行了坝址认证会。会上,新安江电站选址委员会主任李锐代表委员会宣读了《决议书草案》:

> 新安江技术经济调查报告确定新安江开发方式采用一级开发,并以铜官至罗桐埠段为建造水电站地段,新安江水电站选址委员会据此研究了现有勘测设计资料并在现场了解地形及地质条件得出如下结论:
>
> 在工程地质条件上罗桐埠坝段不如铜官坝段。
>
> 水库内有石灰岩带状分布,地表有显著的喀斯特溶蚀现象。水库蓄水后上游地区及坝段右岸地区的石灰岩带漏水的可能性不大。但坝

段左岸一带石灰岩因缺乏明确资料,当前不能作出漏水与否的结论,需由今后勘探工作予以论证。否则水电站的修建仍是不可能的。关于漏水问题的结果须经选址委员会鉴定,作为本决议书的最后补充。

新安江水电站坝址选址委员会最后选定的铜官坝段内上段作为新安江水电站初步设计的坝段,从而进一步勘探,确定最后的坝轴。对其他坝段可不再进行研究。

新安江水电站区域的移民问题,经过浙江省天目山区经济开发委员会一年多的勘测调查工作,初步认为,安徽省部分可在歙县地区解决,浙江省部分基本上可在浙江省地区解决。

到会的新安江电站选址委员会的委员们,都积极发表了自己的意见。

覃修典按捺不住内心的激动,抢先发言说:"新安江水电站在世界上也属于大工程,地质情况也很复杂,要求的技术条件也很高,如果我们没有苏联专家的帮助,是不可能这么快做好的。由于苏联专家的帮助指导,我们增强了信心。过去我们设计人员工作中有很多缺点和毛病,我们对待工作不够审慎,苏联专家给了我们很多好的意见。"

新安江开发一线党政负总责的王醒也有同感,他说:

"选坝址工作,自从苏联专家到工地后一切就发生了变化,他们对勘测资料进行了反复研究,对坝址地质及石灰岩漏水问题进行了现场勘察,并得出了正确的结论,同时指出了存在的问题和解决问题的办法。苏联专家的工作精神值得我们学习。中央已经指示今后地质勘探由地质部统一领导。移民工作由浙江省委及建德地委领导,其他设计工作由华东水利局负责。今后勘探设计工作要多请专家给予指导。同时今后在实际工作中,碰到困难和问题,要主动请苏联专家帮助解决。"

工程师谷德振从技术角度畅谈自己的想法:"铜官这一段无论从地形或地质构造等条件来看,都是可以建高坝的,比罗桐埠段条件优越。但是铜官段地质上也存在缺点,主要是小石及碎带,岩石的物理性及抗压抗剪强度需要做进一步的试验。铜官左岸是否漏水尚未搞清,地质勘探今后的主要工作,一是铜官坝段进一步勘探,了解研究断裂问题;二是水库左岸漏水问题我认为由苏联专家指导,这任务在地质部九三二队和华水勘探处共同努力下一定能完成。"

最后,大家的目光一下集中到清华大学张光斗教授身上。张光斗在20世纪30年代就拿到了美国加利福尼亚大学和美国哈佛大学土木工程双硕士学位,40年代成为我国最早的桃花溪和下清渊硐水电站的设计者,可称为中国水电技术权威。

张光斗说:"今天我们的研究与国民经济直接相关,

新安江水电站问题涉及的面很广,新安江水电站很大,是个小三门峡,刚才李锐局长说地方政府解决新安江淹没移民问题,25万左右的移民是一个很重大的问题,这是史无前例的一件大事,搞得不好就要出事。技术问题我同意委员会的决议书。新安江电站的坝很高,达105米。但是地质情况是很复杂的,靠近大坝的断层、石灰岩区又很广,在苏联专家指导下,许多同志进行了长期的工作。结果是在铜官段是有条件造高坝的。但是,我们还必须小心,一是石灰岩区的漏水问题要彻底搞清楚;二是靠近坝址的大断层、小的破碎带,地质构造要搞清。"

最后,张光斗再三重复了开始的那句话:"新安江水库的移民问题要引起高度重视,否则是要出乱子的。"

李锐这位中国水力发电建设的总管家,听了各位的发言,更增添了他对新安江那"一滩又一滩,一滩高十丈"的兴趣,特别是那山影与舟影相映,涛声与橹声互和的美景更使他留恋。

李锐在总结中说:

> 大家对过去工作的肯定和评价证明我们的工作已胜利,告一段落。

接着,李锐诙谐地说:"我们国家水电建设事业打算和新安江这美丽的江姑'结婚',这'媒人'是地质工术人员和苏联专家帮助他们边学习边工作。

几年来，这些新手进步很快，他们和老技术人员一起解决了在勘测和设计方面许多复杂的技术问题，发挥了创造精神。

计算坝体经济断面这个技术问题，在美国书本上一向都写着用分区法计算，这样计算的速率较低。年轻的技术员魏燕钝设法用数解法代替分区法，提高计算速率3倍，缩短了设计的时间。

许多新手已被提拔为技术员和助理技术员，有的被提拔为工程师和课长。

1953年，从山西矿业学院毕业的学生曹政之，被提拔为勘测处地质课的副课长。

从前曾经在农村里当区长的郝振生，通过参加新安江水电站的勘测设计，掌握了钻探技术，成为新安江勘测总队的领导人。

在旧中国，我国从没有过全套的水电技术人才，而通过新安江水电站的勘测设计，在水文、地质、地形、水能、水工和机电等方面都培养出了我国自己的技术人员。

在新安江上成长起来的水电技术人员，不仅顺利地完成了新安江水电站复杂地质情况的勘测和设计工作，而且其中不少人后来还到全国各地，去支援其他地区水电站的建设。

新安江水电站是在苏联专家指导下，由中国设计人员设计的。担负水电站设计工作的电力工业部水电设计院，共动员了300多个工程技术人员，花费了1.6万多个劳动日，比较了几十个技术经济方案，最后终于设计出来了。

在进行初步设计前后，水电设计院曾经收集了新安江流域7年来的水文、雨量、气象资料；钱塘江流域26年来的气象资料和上海、南京等地68年来的气象资料进行研究。

地质部也组织了一支近百人的地质队，并且由一支500多人的钻探队相配合，在新安江流域进行了全面的勘测。从水文、气象以及勘测得到的资料证明：

> 新安江流域内有着建筑大水库的良好地层，并且也有足够储满这个水库来供水电站发电的雨量。

1956年第二季度，勘测设计院完成了初设并上报。在初步设计中，通过对坝型、坝高、单机与总装机容量、泄洪消能方式、枢纽布置、导流方式、施工方法等的方案比较，推荐采用混凝土实体重力坝、枢纽布置方案和工程规模。

在施工组织设计方面，采用了国内第一个高达15米的木笼围堰和分期导流方式，并推荐自浙赣铁路的兰溪站修建国内第一条水电站施工专用铁路支线通达，工地直接进入厂房。

对混凝土浇筑则推荐初期采用门机、后期采用缆机的施工方法。

初步设计上报后,迅速通过上级审查、获得批准并随即将建设新安江水电站列入国家基建计划,于 1956 年 8 月即筹组施工单位新安江水力发电工程局,进行各项施工准备工作。

三、施工与移民

- 年轻的建设者们欣喜地看到：动工不久的新安江水电站建设工地，呈现出一派热火朝天的繁忙景象！

- 胡耀邦说道："好啊，让青年把美好的青春献给祖国壮丽的水电事业。"

- 周恩来说："群众是真正的英雄，古人道，'三个臭皮匠顶个诸葛亮'，我们党干革命有两条根本经验，就是上有党的领导，下靠人民群众。这两条做好了什么问题都好解决。要记住这个真理。"

正式施工建设新安江水电站

1956年8月，原本人烟稀少的浙江建德铜官峡变得人声鼎沸，红旗飘扬，这里会聚了一万多人，新安江水电站开始施工了。

建设新安江水力发电站的准备工作加紧进行。8月20日，100多个工程技术人员、行政管理人员和政治工作人员从杭州出发前往工地。

工区负责人说："在今后几个月中，有关部门还将给新安江水电站工地输送更多的技术人员和工作人员。"

当时，新安江水力发电工程局组成了土木建筑工程公司，担负建设房屋、桥梁和道路等辅助工程。公司的工程队派人分赴浙江省的金华、建德等地接收招聘来的建筑工人；供应部门也积极组织供应毛竹、砖、瓦、石灰等建筑材料。

浙江省的许多部门积极组织人力、物力支援建设新安江水力发电站。省劳动局和手工业管理局，已经通知金华、建德专区手工业生产联社办事处，为水电站招收各种工人。

同时，省工业厅批准建德砖瓦厂扩建4座小方窑，为水电站建设工程生产平瓦；省交通厅正在为水电站修建工地附近的公路。

1957年,新安江工程局成立后,从各地抽调了干部、民工,组成了新安江工程局各工区、厂、站的施工队伍。

在当时,工程局领导机构是以华东水电局党、政、技术领导与省委调配党、政、工、团领导为核心,官厅、黄坛口工程处党、政、技术领导并总局调配来的同志参加,组成党、政、技术、工、团领导班子,并充实了职能处室及工区厂、站领导。新安江驻北京办事处就是官厅工程处驻京办事处原班子改名而成的。

大家马上行动,开山修路,为正式开工做好准备。

东、西铜官镇位于新安江坝址峡谷上游两岸开阔的台地上,原是新安江勘测处的基地,建有房屋设施。工程兴建时,两村镇居民提前搬迁,除居民空房外,后又搭建竹笆墙、稻草顶、四面透风的临时工棚。

东铜官是混凝土工区的基地,西铜官是开挖工区的基地。开挖工区前期任务是修建施工道路。具体工程有左岸罗桐埠至坝头公路拓宽,右岸汪家至坝头进厂公路,两岸上坝公路,通开关站岔道及缆机平台并上下道路。

这些道路全长数十公里,总工程量近百万立方米,都是高坡陡崖,又必须上下层交叉施工,尤其左岸公路拓宽,都在10多米的高坡陡崖上作业,加上当时淳安、遂安、杭州公路汽车在通行,干扰及安全问题使施工更加困难。

上坝公路开挖在平台形成前,放炮后满山坡浮石滚动,坠落在进厂公路上,必须撬挖、清坡、二次出渣,安全干扰多，工程量又大。

当时冈山坡岩层切断，山岩悬空，发生了恶性事故，岩体裂缝、下滑塌方，压死了两名工人。

施工艰苦困难是客观存在，关键问题是新组建的民工队伍对开山修路无经验，又缺少材料、工具，更无机械设备。

是等还是干？

大家决定不等待，边招收民工，边组建，边开工，边干边学，在干中培养提高，扩大队伍。

当时，招收了龙游县开山包工队，手工开山他们有经验，负责左岸公路拓宽。又以大学生为技术指导，将各县招来的石工、青壮工编队施工。

大家以镐头、铁锹、钢钎、大锤、土箕、箩筐为工具，开始了人海战术，一溜儿长蛇阵摆开，满山坡是人。先从土方挖起，遇岩石陡崖打孔放炮，撬挖时就抽调有经验的工人编组施工，以老带新，边干边学，培养扩大。

尤其炮工，更是选拔专职，进行学习培训。领炸药、加工引爆雷管、装药、堵炮泥、点火引爆及安全区警戒都是炮工专职统一管理，以保证起爆成功和安全。技术工人不断扩大，开挖能力逐步加强，从而加快了施工进度。

新安江工程局主任钱振东对开挖修建公路从未学过，也从未干过，钢钎、撬棍、三角扒等都是初次见到，他只好边干边学。

于是，钱振东先请工程师们讲解设计图纸、施工措施，逐步知道了桩号、断面、路宽、坡度、边坡、排水沟等知识。

钱振东还在现场看到高崖打孔、高空作业要拴安全绳、戴安全帽，以及放炮后撬石、清浮石及手端肩抬地出渣。

钱振东跑现场蹲工作面干得多了，他对各队的任务、位置、桩号都能心记口说，并和工人们同吃、同劳动，开现场会，听介绍经验，了解情况，增加了知识。

这样，钱振东就成了现学现卖的领导者，他坚持照图施工，他抓生产的中心话题就是：安全生产，学习先进经验，加快施工。

但是，现学现卖，未学懂就推销，也出过不少笑话。

龙游包工队，工效高、进度快、安全好，对炮位、角度、深浅要求严格，在深厚岩层，采用药壶爆破法，威力大，下石多。

在一次职工大会上，钱振东表扬他们先进，推广他们药壶爆破法时说："两人配合好，打孔时多转动钎杆，打成口小肚大的药壶，装药多，威力大，下石多，应向他们学习。"

会后，翁世俭工程师对钱振东说："药壶爆破法是在厚岩层打深孔，孔底先用雷管及小量炸药预爆一次，把孔底炸碎的石块挖出，扩大底径成壶，多装药，爆破效率高，是好经验，应推广。你说得不确切，口小肚大，装药太多，反会成冲天炮，飞石远，不安全。"

钱振东听后哑然失笑："像这样没学会就要干，急于推销，类似笑话在工作中定会时有发生。"

1956年年底，官厅、吉林丰满电站队伍先后到达新安江。以两处开挖队伍为骨干，与原先民工队调配合编为开挖工区及一、二、三、四开挖队。

1957年秋冬，黄坛口支援上犹江开挖队调来新安江，编为第五开挖队。

至此，开挖队伍充实加强，基本组成。同时，由华东水电局、浙江省和水总调来的人员及3支队伍的骨干组成了工区党、政、技术、工、团领导班子，并充实健全了职能科室。

吉林丰满电站土建队是独立施工队伍，职能人员齐全，工程技术力量较多较强。为重视发挥他们的作用，工程局安排其主要领导参加了工区领导，技术业务干部成了工区职能骨干。并以其原队职工为骨干，充实青壮工，编为第四开挖队。另抽出两名工程师加强二、三队为技术负责人、副队长。

同时，还把有名的"风钻大王"金玉山调为大班长，加强三队开挖力量。

开挖一工区是由五湖四海的人员组成的，以党委为核心，一心为建设好新安江，形成一个团结战斗的集体。重视技术干部的使用，发挥职能作用，这就从组织领导、队伍的建设及技术业务管理上，为加快施工、提前完成开挖工程任务提供了保证。

这时，物资材料供应日益充足并且及时，又新调来了手推车和几台移动压风机，山崖、槽挖、桥墩、挡墙基础等重点地段开挖，用上了手风钻，较远距离的出渣也用上了手推车。

两岸公路各队分工包干，在工区党委领导下，加强思想政治工作，开展劳动竞赛，你追我赶，热火朝天。

为提前完成任务，为主体工程早开工，两岸开挖队伍向坝区展开了进攻战。施工道路开挖修建提前完成，训练了队伍，提高了技术水平，增强了施工能力，为主体工程开挖出渣及整体施工修建了道路。

同时，也为坝区风、水、电及其建筑安装、架设，实现"三通"创造了条件，也有利于工程局现场指挥调度的建立和加强。

开挖两坝头及开关站基础

1957年春，两坝头及开关站基础开挖先后开工。

其中特别是右岸开挖，以坝轴线为中心，在两三百米的范围内，有上百米高的岸坡，上下工作面高差大，工程量大而集中，工期又紧，上下相互干扰，安全问题更为突出。

为了适应工程的需要及施工方便，工程局统筹安排，形成了多台阶的开挖面，大致有140米高程的缆机平台，115米高程坝顶公路平台，开关站80多米和60多米高程的两级平台，40米高程进厂公路及沿江边出渣道。

为解决施工干扰、保障安全、避免重复出渣，工程局认真做好总体布置和多台阶施工的技术措施，严格管理，加强现场统一调度。

首先，明确布置出渣地点和施工顺序。规定坝头缆机平台开挖出渣，沿平台向上游山后坡堆放。开关站向下游山沟挡墙堆渣区出渣，严禁乱堆放。平台开挖先上后下，形成平台后，建挡渣墙，设安全防护栏。在安全的前提下，下部台阶再行施工。上下错开，多台阶施工，加快进度。

单项工程由各队分工包干，按设计要求，包进度、包安全、包按规定路线出渣。工作面由队统一安排。

严格放炮时间，控制装药量，划定安全区，统一指挥放炮。放炮后自上而下撬挖危石、清理山坡浮石，以保安全施工。

当时，风、水、电都已"三通"，全工作面三班作业，用手风钻打孔开挖，两岸山坡灯光通明，江中星火连天，震耳欲聋的风钻声响彻整个峡谷。

这是开挖工人建设祖国无私奉献的赞歌，是要高山低头，河水让路，高峡出平湖的气壮山河的欢声。

实现"三通"之后，物资材料供应在日益改善。虽然土箕、箩筐、三角扒还在使用，但增加了手推车和轻轨翻斗车，出现了手端、肩抬、人跑、车飞的紧张而欢快的场面。

因为这是一项重点工程，钱振东去得很勤，蹲点也多，他和工人一起吃，一起劳动，见面都熟，亲如挚友。

在开关站施工平台上，一位年轻力壮从官厅来的工人因为钱振东是工区领导，而且迎接他们来新安江而早有交情，他就友好地向钱振东挑战："主任，今天劳动出渣，别人装，咱俩抬，看能抬多少筐！"

干部劳动是常有的事。于是钱振东含笑应战说："行，开始吧！"

因为是挑战较劲，别人装得快，他俩抬得多，到排炮渣出完，硬是抬了90多筐。相比之下，比别人抬得还多，于是他们在一片欢声赞语中收工换班。

干部在现场挑战较劲竞赛劳动经常开展，这是干群

施工与移民

055

关系密切的表现。

1957年8月,刘玉春与他的同伴结束了水电站机械化施工和管理的学习,从苏联回到祖国北京。

当时,国内正在建设新安江和礼河两大水电站,刘玉春被分配到新安江水电工程局工作。

离开家乡的那一刻,刘玉春内心充满了激情和憧憬。报效祖国的信念在刘玉春心中油然而生:"我是一块砖,哪里需要哪里搬。"

与刘玉春一起前来参加新安江水电站建设的还有同在苏联学成归国的另外11名同伴。在赶赴新安江的路途中,12双手紧紧相叠,12名老同学共同立下誓言:一定要为祖国的水电事业奉献青春!

那一天,他们上午8时从杭州武林门坐车,到达新安江时已是下午15时。

年轻的建设者们欣喜地看到:动工不久的新安江水电站建设工地,呈现出一派热火朝天的繁忙景象!

随后,他们又看到了自己的住所:房子是毛竹拼起来的,18平方米的屋子要住6个人。屋子地面很潮湿,床铺下长着一尺多高的小毛竹,躺在床上能透过屋顶的缝隙看到天空。

但是,在刘玉春和同伴们的眼里,这些看似艰苦的条件又算得了什么呢?这样的环境可是别有情趣啊!

刘玉春对大家说:"没地方洗澡?去新安江啊!那水真叫一个清澈啊!"

干完一天的活儿，大家结伴儿去新安江洗澡，一边洗一边闹，说到好玩儿处就开怀大笑，特别放松。

不开会的晚上，大家就都来到工地上用毛竹搭的大礼堂，当时放很多好看的电影，什么《草原之子》啊，《小姑贤》啊，都很不错。有时候还有越剧团来表演。

拥有放松时光的夜晚毕竟很少，大多数时间，刘玉春和他的同伴们都要开会，分配第二天的任务，一直要商量到23时过后才能睡下。

在一个个疲惫的深夜，那些好看的电影、好听的越剧，就成了刘玉春和他的同伴们睡前的谈资，大家都说："哼上一曲《敖包相会》，透过屋顶的缝隙看湛蓝的天空繁星点点，想着第二天一大早工地上热火朝天的热闹劲儿，这样的生活哪里会觉得苦呢？"

因为完全是人工在挖，工程面临着巨大的困难。此时，新安江水力发电工程局党委提出"让高山低头，叫河水让路"的口号，极大地激发了大家的斗志。

"让高山低头，叫河水让路"，这句气势磅礴的口号，令来到新安江水电站建设工地的周恩来赞不绝口。周恩来说："你们电站提出的这两句口号，体现了中国工人阶级的气魄，很好！"

这两句口号，因建设水电站过程中的重重困难而诞生，又激励着大家一鼓作气，克服困难。

新安江电站建设的第一项主要工程，就是大坝和厂房基础的开挖，开挖量达70万立方米。如果加上坝头、开关站及其他辅助设施，总的土石开挖量就达580多万立方米，工程量极其浩大。

不光工程量大，施工要求更是严格有加。要挖到最好的岩面，底部不能有一点点碎石。要求全部清理干净。验收的方法就是，戴上白手套，将手放在底部擦一擦，白手套要是变得有点脏，那就不行，不能过关。

没有机械就采用人海战术！肩挑、人抬、手推车拉！

一段时间后，终于从全国各地逐步调来了一些推土机、挖土机、起重机、汽车等机械设备，大大加快了施工进程。后来，电力部又给新安江调来一些大吨位的机械设备，施工管理秩序也逐步步入正轨，右岸坝基开挖工程提前半年完成，开始浇混凝土。

在新安江水电站建设工地的广播里，每天都传出女播音员动听的声音，在新安江水电站建设即将成功时，这个"声音"也终于成了与刘玉春相伴一生的"声音"。

因为女播音员与刘玉春一个很熟的女同学共住一间宿舍，有时候大家走动走动就认识了。

1957年底那段初识的时光，让刘玉春心中充满了甜蜜。但那时候真的很忙，白天要干活儿，晚上要开会，经常是晚上23时过后才能回宿舍休息。虽然与恋人近在咫尺，却很少能相见。

与刘玉春一样，与恋人同在工地却不能常相见的还有好几对。大家彼此非常理解，非常支持。虽然不常相见，但彼此的心是相通的。为了大坝升高，为了提前发电，理应将个人的情感暂且放一放。

包括刘玉春与妻子的婚期，也因建设繁忙而一拖再拖。直到1960年元旦，两人回老家结婚。住了10天时间，又返回了电站工地。

这是主体工程的开挖施工，它的顺利完成，直接关系到主坝工程的施工。因此，在工区党委领导下，党员、干部、先进生产者、模范带头，艰苦奋斗，积极努力，经过半年的施工，按计划完成任务。

由于全体同志重视和严格管理，没有发生重大恶性事故。坝头除预留保护层外，大面积、大方量的开挖基本完成。

开关站平台竣工移交，为混凝土拌和楼的安装及沙、石、水泥供料系统的建筑施工挖好了基础，也为河床大坝、厂房基础开挖准备好了施工队伍。

保证新安江水电站工地通讯畅通

1956年9月,在广东当电话兵的小伙子宋书元就要从部队退伍转业了。当时宋书元面临着两种选择:是回河北唐山老家,还是到祖国最需要的建设第一线去?

宋书元毫不犹豫地选择了后者。

在当时,和宋书元一起退伍的战友有200多人,他们有的到海南工地,有的去修建铁路,宋书元则和另外55名战友一起选择到中国水力水电局第十二工程局新安江工地建设水电站。

从广东到浙江的路上,宋书元心中十分激动,但那种激动,更多的只是年轻人即将走上新的工作岗位的兴奋,那时,他并不知道,自己参与建设的将是中国水电站建设史上的一座里程碑。

宋书元下车后的第一个感受就是:"建德的山山水水好美呀。"但更让他激动的是,他很快就知道了自己即将参与建设的是中国第一座自己设计、自己施工、自制设备和自行安装的大型水电工程。宋书元心中的自豪感油然而生。

尽管在当时,西铜官、汪家、朱家埠等地还是一片萧条,他们只能在那种竹叶当瓦、竹扁当墙,四处漏风,外面下大雨里面就要下小雨的毛竹棚里居住。但在宋书元看来，新安江是那么的美：这儿山是碧绿碧绿的，天是瓦蓝瓦蓝的，水是清澈见底的。

整整一个多月，在上级还没有给他们安排工作的那段时间里，宋书元便和战友们一起，天天跋山涉水，几乎把驻地附近的山走了个遍。

宋书元他们在部队当的是电话兵，到工地上，大家自然就被分到了水电大队的通讯队。

因为早就对工地附近的地形了然于胸，到架线装电话时，他们的工作就十分地顺利。竖木头电线杆，拉电话线，装电话，日子一天天地过去，工地上的电话一部部地多了起来。

1957年下半年，西铜官对面安装了第一个有着50门电话的交换机组，库区蓄水后，这个交换机组又搬到了林子坞，再后来，朱家埠也建了一个100门的，罗桐埠建了一个20门的，紫金滩建了一个20门的，紫金滩后来还扩容，增加到了200门。

相对于搞土建的工人，宋书元他们要轻松很多，但也还是十分劳累。特别是雨雪天，因为木头线杆承受不了电话线的重压，经常会时不时地倒掉，从而中断通信。

每当这时，宋书元就要和战友们一起，冒着风雨，一段一段地检修，不管风多大雨多大，直到把通信恢复，他们才会回到工棚。

20世纪60年代初期，一场大雪把很多电线压断，把线杆压倒了，冰雪天，一连几十个小时，宋书元他们一直待在了山上，直到把线全架了回去。因为太冷，大家的脚上手上，甚至脸上都冻出了冻疮。

很多时候，他们的努力还会白费。那年，他们要架西铜官大坝顶到对面山头的电话线，费了九牛二虎之力，把 48 对线架上去了，没想到还没过多久，木头杆子吃不消了，他们只能一对一对重新架。

也有的时候，他们会遇到生命危险，1963 年，宋书元的一位同事在汪家拉电话线接线时，一时没有注意到房子上还有电线，触电身亡，年轻的生命，就这样凋谢了。

1964 年，电站前期工作基本结束，工程局大批人员先后都调到了新的工地，如富春江、温州、云和等地，因为宋书元当时身体不好，组织上为了照顾他，让他留在了新安江。

同事们走后，原来几个人的工作一下子全压在了宋书元一个人的身上，他的工作任务更重了，除了架线、装电话、修电话，做好自己的工作，还常常给话务员值班。

宋书元只有不分白天黑夜，废寝忘食地干，没有休息天，没有节假日，但再苦再累也不吭一声，一心一意只想把自己的事做好。

刚开始，宋书元在西铜官住了两个月，后来，就住到了朱家埠，在这儿，他一住就是 10 多年。

十五六平方米的工棚，单位分给他一张桌子，两条板凳，一张木头钉的床，没有电，没有水，没有像样的家什，甚至连墙都是没有粉刷过的竹片。

但宋书元把爱人接来后，这儿就成了他的安乐窝。他们在这儿生儿育女，直到水电站建成后很久，1986 年单位里建了宿舍后，才搬到了沧滩。

工作是累的，生活是苦的，但宋书元的心里是甜的，特别是每次在工地上，听说周恩来来过了，朱德来过了，董必武来过了，叶剑英来过了时，那种快乐，那种自豪，总让他久久不能平静下来。

宋书元说："我只有以更努力的工作，来表现我的快乐。"

记录新安江水电站建设成绩

1956年夏秋之交，家居上海的徐欣葆得到市里正为新安江电站建设招聘技工的信息后，他立即前往应聘。10月份，徐欣葆被正式招聘为新安江水力发电工程局职工，进入上海嘉陵大楼上班。

徐欣葆是被首批招收的新安江水电站建设者，也是较早到达新安江工地的职工之一。

徐欣葆祖籍浙江余姚，1919年3月出生于上海一个民族工商业家庭。学生时代就参加了校内摄影协会，爱好摄影活动，喜欢从事艺术创作。

新中国成立后，徐欣葆开办药棉厂等小型企业。1953年受大环境影响歇业后，曾应聘为市区有关福利企业雇员。1955年夏天失业，家境渐趋窘迫。

1956年10月深秋时节，新安江水力发电工程局机关迁移，徐欣葆辞别家人，跋涉着崎岖的山路，独自来到环境荒凉正待动工建设的新安江畔，与来自各地互不相识的建设工人一起住进条件简陋的工棚，开始艰苦的创业生活。

先期到达工地的建设者中，小青年很多，当时徐欣葆已经38岁，大家都叫他老先生。

青年中多数刚从农村招收来工地，干活肯吃苦也很卖力，但尚缺少组织纪律性方面的教育及专门训练，有部分人员表现比较松垮，工余时间往往胡闹。

1957年，徐欣葆又把家眷迁来工地安顿。他以在大学获得的扎实的化学知识，筹建工地科学试验所，多次赴上海等地，采购价值数十万元的仪器和药品，出色地完成了繁重的任务。

有一次，为安全护送几只价格昂贵的白金坩埚，在由沪回杭住宿的时候，徐欣葆不得不怀抱着坩埚，和衣而睡。

1957年初，风华正茂的徐欣葆以他所掌握的摄影技术，自告奋勇申请为电站工程建设拍摄档案照片，得到时任工程局局长王醒和总工程师徐洽时的赏识。

从此，徐欣葆以电站专职摄影师身份，不负领导嘱托，一干20余年，全身心地投入记录建设新安江水电站的一个个不平凡瞬间中，记录创造划时代光辉业绩的一个个建设者形象。

多少个晨光熹微的清晨，多少个落日衔山的黄昏，徐欣葆都背着相机跋山涉水。

他拍下了铜官坝址原貌，下游的沧滩区原貌，新安江河道和沿江山脉、滩地等原貌，几年后被淹入库底的贺城、狮城等县城，还有一批集镇的鸟瞰镜头也都被他摄入镜头。

此外，有一些反映流域特色景观的镜头，比如，新安江上帆船航行的景观等，徐欣葆也注意拍摄了下来。

同期，徐欣葆也注意跟踪拍摄工程动态照片。

包括工程勘测设计和前期施工准备工程的进展情况。比较重要的有江心地质钻探，沿江地形地貌踏勘，工地两岸道路、桥梁施工，职工家属生活区房屋搭建和职工家属生活，还有地方部门为工地建设提供支援的情景等等。

这里山脉绵延起伏，几十座山峰气势雄伟，海拔都在四五百米以上，加之树林满坡，灌木丛生，稀有上山的路径，熟悉地形的居民已陆续外迁。对徐欣葆来说，要爬上一座座山头，单是攀寻脚底下的路都是严峻的考验。但为了拍摄到视觉效果满意的沿江两岸地貌和各工区施工新貌，他凭借着一股勇气和毅力，不断地攀登上许多山头。

在新安江两岸，在电站上下、厂房内外，在建德和淳安、遂安，不论是各个施工现场，还是人迹罕至野兽出没的山岭小道，到处都留下过徐欣葆的足迹和身影。

工地的10多个主要生活区，散落在从坝址上游几公里的东铜官、西铜官、岭后，直至下游好多公里的汪家、叶家、溪头村等处，每步行前往一次，都是对脚力的一次考验与锻炼。

更远的还要前往百里开外的兰溪县去拍摄兰江大桥的建造进展情景。通常徐欣葆是一早从朱家埠出发，沿公路步行，分两天到达，晚间在寿昌或永昌歇夜，完成任务后再搭便车返回。

为摄取具有历史意义和充满艺术之美的一个个镜头，徐欣葆以崇高的敬业精神执着工作，有时还要冒着生命危险。

在大坝施工和机组安装的日日夜夜，徐欣葆往往一连数天长时间守候在现场。啃馒头喝凉水充饥只是寻常小事，疲倦了在尚未竣工的控制室内打个盹，振作起精神再返回岗位。

1957年4月电站主体工程动工后，抓拍风钻工在悬崖峭壁间挥锤打钎施工炮眼，是一项令人难以想象的艰巨任务，既要想办法拍下清晰的镜头，也要保护自己不致跌伤。

还有，摄取坝头、江心等区域山体爆破和水下爆破场景，也是一项艰巨的任务，它们都带有一定的危险性。

徐欣葆看到身边的建设者一个个冒着生命危险顽强作业的情景，他激动不已，内心有一种崇高的责任感，驱使自己一定要用相机记录下这些感人肺腑的历史性场面。

建设者们的形象不时鼓舞和鞭策着徐欣葆工作中也要具有牺牲精神。他因此顾不得个人安危，设法接近现场，选择有利位置，选取镜头。那时，除了心情比较紧张外，更多的是激动和坦然，因为徐欣葆十分清楚工作的意义。

有一次，徐欣葆上了一条小船，在江面上仰拍右岸山坡放炮引爆时烟雾弥漫的情景。突然，一块小石头溅落到了船板上，然后又弹跳起来，差点儿伤到他。

还有一次，徐洽时总工程师指着右岸88米高程的林子坞山头，亲切地嘱咐徐欣葆说："徐欣葆同志，请你从这个位置对着上游坝址多拍几张照片，它将是很有价值的，因为用不了几年，那里将矗立起一座雄伟的电站大坝……"

徐洽时说："今后水库的水位，将会蓄到比那个山头还要高出许多。"

徐欣葆听到这里，惊讶得怎么也不敢相信它真的会实现。

1957年，徐欣葆的作品《跨江线》《月夜归舟》在《文汇报》全国摄影比赛中分获二、三等奖。

1958和1959年，他精心创作的以大坝施工为题材的经典照片《大坝浇捣》和《建设中的新安江水电站》，两度入选全国影展并被选送国际性摄影大展，为国争了光。

从那时起，徐欣葆所拍摄的新安江建设成就照片一次次被刊登在各种报刊上、展出在城市的橱窗内、制作成珍贵的明信片。

第一台发电机转子吊装到4号机坑的照片，则是徐欣葆连续三昼夜守候在现场，直到第三天下午16时，在阳光斜射进厂房的那一刻摄取成功的，为人们留下了美好的瞬间。

好多次，徐欣葆独自深入滩头坞等处的山林中，艰作者，能不能'成婚'就靠这'媒人'了，能建大坝就能'成婚'。'成婚'后，将来新安江水电站就成了我国水电的示范工程，成了中国水利电力史上的里程碑。"

李锐的一番话，把大家逗乐了。会场上发出一阵笑声，这笑声，更增添了大家的信心和决心。

罗桐埠坝址主要是地质问题。经过几度地质钻探和坑槽钻探，发现左右两岸岩石比较破碎，风化较深；受地质构造影响，岩层扭折，走向混乱；左岸岩层倾向河谷，倾角甚缓，对岸坡稳定极为不利。特别是右岸河床为一个连续的河槽，岩石破碎，并且右岸河床上有一条较大的斜切断层，处理上难度较大。

在铜官坝址上游左岸石灰岩经勘探论证得出水库蓄水后不会向库外下游漏水的结论后，就否定和放弃了罗桐埠坝址，选定铜官为新安江水电站的正式坝址。

然而，1956年2月，中苏关系破裂，苏联在中国各条战线上帮助工作的专家一批批撤离。卡伐里列次、那廖托夫、马舒柯夫等苏联专家恋恋不舍地离开新安江，一切都得靠自己了。

在新安江水电站的勘测和初步设计工作中，先后培养出数百名能够独立工作的新的水电技术人员。

我国过去学习水电工程的人寥寥无几，当开始进行新安江水电站勘测工作的时候，分配在这里的只有几十名技术人员，其中有不少还是毕业不久的学生。

随着勘测和设计工作的进展，新手越来越多。老技难地爬上山头去拍摄远景。那时山里的野兽还很多，野猪、狗熊等时常出没。

但为了完成上级交给的任务，徐欣葆早已把生死置之度外。进入黄坑坞拍内景的那次真险，次日凌晨，有位猎手在那密密的山林之间抓到了两只小豹。

1957年8月初，铜官峡谷坝址右岸的江面，正在建造第一期围堰工程，开始水下基础清理。

素有"红色潜水员"之称的围堰队长姚新根一马当先，下水作业，带领队友日夜地苦干，克服着江水寒冷、工期和人员偏紧等种种困难。

徐欣葆受他们高昂的工作热情的影响，也每天带着相机奔波于工地各作业面之间，努力把工人们的冲天干劲用照片表现出来。

连续工作终于引起疲劳，有一天，徐欣葆在爬上朱家埠口的一个山坡，寻找有利地形拍摄山沟里数十幢工棚的全景时，不慎被乱石绊倒，造成小腿髌骨骨折。

但徐欣葆更在意的是，幸好珍贵的林哈夫相机没有受到损伤。

徐欣葆记不清当时是怎样咬紧牙关摸下山来的。接着他被局领导派车迅速送往工地几十里外的梅城康复医院，接受住院治疗。

那时，这家医院有一批上海医务人员在工作，他们是志愿报名来支援新安江建设的，但该医院的医疗设施不如大城市医院完善。

徐欣葆的伤腿被绑上石膏，妻子只得扔下家务和孩子，一路赶来照料。徐欣葆的长子也趁暑期放假从上海赶来，接替他母亲服侍徐欣葆。

三个月后，徐欣葆的骨伤已初步愈合，但腿部的肌肉还是肿痛。不过他的心早已飞回到工地，急着办理出院手续。

领导考虑到徐欣葆伤未痊愈，不宜立即到工地现场去摄影，有意识地要安排他去驻沪办事处工作一段时间。

但徐欣葆怎么也舍不得离开眼前似万马奔腾的电站建设现场，舍不得自己钟爱的本职工作。

从朱家岭宿舍到坝区有五六公里路程。开始几天，徐欣葆请邻居帮助搀扶着前去。

徐欣葆见到围堰工程进展如此神速，90多只大木笼已经长龙似的连接起来，气势不凡的堰体快要闭气，他的心中充满激情。

11月中旬，当围堰工程开始合拢排水时，徐欣葆深感有责任抓拍下这来之不易的重要时刻。于是自己挂着拐杖，一瘸一拐地下到右岸的江边去拍摄。

这天，徐欣葆恰巧被局长王醒撞见，他关切地询问徐欣葆："老徐同志，伤没养好，怎么就上工地来了？"

徐欣葆曾给周恩来等党和国家领导人以及不少名人拍摄过十分珍贵的视察参观新安江水电站的照片。

徐欣葆说："1959年4月9日，是我一生中最幸福的日子。"

就在那天，徐欣葆为风尘仆仆前来视察新安江电站工程建设、亲切慰问广大职工的周恩来，拍摄了许多激动人心的照片，并且通夜未眠冲洗出来。

当人们从《新安江报》上看见周恩来视察的情形后，争相传阅，群情激昂，立即掀起热火朝天的劳动竞赛。

徐欣葆还曾应邀去瓯江、七里泷等电站拍摄坝址和施工照片，每次都为那里的单位留下了珍贵的图片资料，同时也多次拍摄出了好作品。

有一次，为了拍摄坝体的导流底孔在洪水袭来时，被上游冲下的木排堵塞，引起洪水急剧壅高、漫进二期围堰的场面，徐欣葆冒险踩上围堰顶，靠近取景。

等远处传来催促上岸的警告哨音不久，徐欣葆刚才站立过的堰顶，已经被肆虐的洪峰冲塌了。

徐欣葆热爱生活，他把用相机为企业为员工服务当作最大的快乐。

进行右岸河床坝基开挖工程

1957年,新安江水电站前期工程同时进行了坝基开挖。右岸河床坝基开挖是大坝厂房工程施工的开始,基础处理是关系整个水工建筑物安全的关键。

工区上下认识到开挖及基础处理任务艰巨、复杂、困难和责任的重大,更加慎重小心,认真对待,边学边干,决心照图施工,保证质量安全,按计划进行,并要求以设计为标准,严格检查,合格签证,二工区即混凝土浇捣工区接收满意,才算彻底完成任务。

为把好关,工程局明确提出,工程技术、质量、安全等问题工程师说了算,工区是主任工程师、队里是技术负责人说了算,工区全力支持他们。

坝基开挖前,张汝舫主任工程师调来工区,翁世俭主任工程师调局技术处。张汝舫在黄坛口、上犹江担负开挖工作,可称为开挖专家,以此责成他召集技术科、工程队技术干部编写制定基坑开挖技术组织措施。

张汝舫制定的措施,首先向工区、队党、政干部汇报介绍,实际是技术交底,是结合工程施工的一次技术课大学习。

随即工区召开动员誓师大会,交设计图纸,交工程局进度计划,交施工技术组织措施及规定要求。工区作决定发号召,党、团、工会及各队表决心。

会后,立即投入紧张施工,开展轰轰烈烈的劳动竞赛,大坝基础开挖开始了。

当时没有汽车、挖土机,进围堰下基坑后只能风钻打孔,人工装渣,卷扬机、斗车外运出渣。

厂房下游河床狭窄,更怕尾水抬高,又不能远距离外运,因此只能向上游坝区外开阔台地堆渣。

围堰形成前,沿河岸开坡填洼,预修出渣道。围堰合龙排水,大家迅即搭木架,建平台,安装卷扬机,铺轻轨斗车下到工作面,土箕端、箩筐抬,装车外运。

这就算是河床大坝基础开挖时的机械化了。

河床基础开挖、处理,分层分期进行。进入围堰,首先是清理挖除泥沙、孤石、堆渣;以设计坝基及厂房基础开挖线要求,沿上下游边线打避震孔,以保基础岩石的完好;以预留保护层为开挖面,挖出掌子面,为河床基础大开挖创造条件,整理好场地。

大坝基础开挖,由一队、五队并排施工,垂直孔、水平孔结合,深挖排炮,齐头并进,比工艺,比进度,比掌子面整齐,比开挖面平整,形成你追我赶、高效竞争的好形势。

不久,3.5吨的汽车,国产、捷克产1立方米挖土机开进基坑,开始了机械化施工。

后来又开进从狮子滩调来的苏联产3立方米电动挖土机。小汽车大电铲极不协调,大电缆行走不便,放炮又要保护，效率不能充分发挥，但总算是提高了施工能力，加快了开挖进度，完成了坝基第一层大开挖。

厂房基础下挖，坝、厂之间形成了台阶过渡，沿过渡上游边线再打避震孔，以使台阶岩石完好。过渡段结合厂房基础下挖又形成第二层掌子面的大开挖，充分发挥机械化效率，开挖技术不断提高，虽然增加了爬坡，出渣进度还是快的。

两层大开挖，重视基岩保护，挖出设计台阶，坝基大方量的开挖任务基本完成。

1957年6月25日，新安江水力发电站工地上，到处是一片繁忙的景象。

一年以前，这里还是一片荒凉的山谷，而一年后，这里被各项附属工程和建设者的住宅充满了。从水电站拦河坝工地铜官，一直到水电站铁路专用线的起点兰溪车站，在这50多公里的沿线工区里，一支由3万多名工人、铁道兵和农民组成的水电建设队伍，正在为水电站大规模水面施工创造条件。

水电站巨大的右岸围堰工程，在1957年枯水期间就开始修筑。这个可以拦断近三分之二河床的高大的木笼围堰，是为建筑水电站拦河大坝的右岸基础而做的。

当时，负责围堰工程的第二工区正在紧张地进行施工准备工作。

潜水员们正在进行水下调查。矗立在江水中的钻探机正日夜不息地钻取坝基的岩芯，以便进一步充实大坝基础的地质资料。

在水电站右岸坝头狭窄的工地上，开挖石方的工程也以一日千方的速度进展着，出渣的斗车像梭子一样来回奔驰。

沿着新安江两岸，工人们从岩石中开辟了两条为施工用的新公路，从山脚下向山腰延伸。

水电站的对外交通命脉兰铜铁路的铺轨工程，在当年10月1日全线通车，每天运进千吨以上的为水电站建设所需的物资。

厂房基坑开挖，坑深坡陡，当时还没有爬坡能力大的装载机，挖土机又下不去，只好土箕端、箩筐抬，装车运渣。

由于工程紧迫，日夜三班，集中力量突击，干部劳动，人海大战，苦干拼命干，班班包干，限期完成，较快地完成了厂房基坑的开挖。

坝基处理工作，由于保护层薄，只能用浅孔小炮，坑坑洼洼，全靠撬棍撬、三角扒扒，手端人抬，费时费工，十分困难。

尤其困难的是断层破碎带的处理。

有的是设计图纸已经明确的，但大量是开挖后暴露发现的，挖的规模深度不少是现场定，挖着看。有两种岩层的联结破碎带，还有很多条断层，更多的是纵横切割的裂隙。

当时大家采用了打孔挖槽，严重断裂破碎带有几处挖 10 多米深井处理，工作艰苦、充满危险。

裂隙渗水，工人在水中工作，只能土箕传递出渣，泥水顺流，大家全成了水鸡泥人。

井壁石块、出渣的泥石、井口工具物件等，稍有不慎，掉入井内，都会危及井下开挖工人的安全。在施工困难的情况下，工区及全体职工时时以大坝安全、百年大计、质量第一为要求，坚持做到照图施工，终于顺利、安全地完成了基础开挖工作。

坝基固结灌浆，采用手风钻打深孔的革新技术。大坝基岩断层裂隙、破碎带发育，地质条件比较复杂，需作固结灌浆处理。

一工区接受了手风钻打孔的任务，孔深达 12 至 13 米，未曾打过。打深孔有接长钻杆、排粉、卡钻的技术工艺问题。

为此，工区抽调有经验的技工和技术人员组成小组，经过试验，总结经验，结果打成了深孔。初步成功后，即扩大推广，多开手风钻，从而解决了打深孔的技术难题，为固结灌浆再立新功。

1957 年 3 月，张俊生为建设新安江水电站需要，服从上级调动，随同其他人从丰满电站迁来新安江工地。当时张俊生夫妻俩带着大女儿，与师傅龚荣生一家结伴同行。

到新安江后，他们先住到汪家生活区靠近寿昌江边的临时住房内。

上班要到 5 公里以外，沿途都是小路，起初几个月上下班没有车辆乘坐，有时花一角钱乘坐当地农民的船，这样克服了几个月。

后来，张俊生他们下班可以到紫金滩乘车，再从沧滩摆渡去汪家。1957 年 10 月通了火车后改坐火车上下班。

那时，在罗桐埠路口以及江对岸庙嘴头各有一个代销店，可以买到草纸、肥皂、油盐酱醋等生活用品。后来搬到朱家岭家属宿舍，生活条件有所改善。

张俊生分到新安江水力发电工程局坝区修理队后，到库区东铜官村上班，在现场修理汽车等设备。

当时车床零星加工任务很忙，张俊生是队里的技术员，受到大坝建设热潮鼓舞，工作一直勤奋努力，受到大家的一致好评。

但在 1958 年的一个晚班，不幸发生了事故：张俊生所带的徒弟姚东琴不幸在事故中遇难，使张俊生伤心不已。

在当晚，加工观测班 3 根直径 20 毫米以下、长度 3 米多的钢筋，用于埋在地下做测点。钢筋夹入车头后超出车厢尾端七八十厘米，只能采用低速车削。

张俊生由于自己当时患有阴性肺结核并且已钙化，为了保证营养常带菜吃，那晚干到 21 时还没吃晚饭。

待车好一根钢筋后，张俊生把饭拿到隔壁电焊间烤一烤。当由徒弟姚东琴车削第二根时，由于操作不熟练，变速时不慎变为直接启动高速挡,她一下子就慌了。

张俊生闻声赶来,只见姚东琴在朝车头箱后退,直到被扭动的钢筋打倒在地。

张俊生等人急忙叫来料车将姚东琴送往医院,但已经晚了。

事故发生后,领导不让张俊生上班了,停职在家一周。

两三天后,龚荣生等领导让张俊生去朱家埠修配总厂讲述事故经过,并作了记录。大家结论认为,张俊生并没有过错,但是不应随便离开机床,徒弟也不应过早独立操作。

为此,工程局里发了安全通报。

这一事故的发生,使张俊生后来处事严谨,一丝不苟,养成了良好的工作作风。

右岸河床开挖的完成,基础处理的顺利进行和对二工区的紧密配合,适应了大坝混凝土开始浇筑的需要,为加快新安江水电站建设铺平了道路。

1958年2月26日,新安江水力发电站的建设者们提出"苦战三年,提前一年发电"的口号,争取在1960年使这座大型水电站建成发电。

水电站的拦河大坝混凝土浇捣工程已经开工。

2月17日,新安江水电站的1.5万多名职工完成了拦河大坝基坑第一块混凝土浇捣面的开挖、钻孔、灌浆、冲洗等工程。

18日中午，水电站的领导人和总工程师最后验收了大坝基坑；下午，举行了拦河大坝混凝土浇捣工程开工仪式。

为了加快新安江水电站的建设，当夜幕降临以后，建设者们还在劳动。他们不肯放过一分钟，在岗位上努力工作着。

加紧施工建设新安江水电站

1958年2月的一天，一辆汽车在浙江建德山区行驶着，一会儿穿过高山峻岭，一会儿又沿着新安江畔蜿蜒而上，曲折而下。

和暖的春风把山间的杜鹃花吹得摇摇晃晃，散发出一股醉人的芳香。下面的江水清澈见底，连水中的鹅卵石都一清二楚。

汽车上坐着第一次来新安江采访的记者们，他们身临其境，就像置身美丽的山水画中。

当汽车过了建德沧滩，大家面前又出现了一幅鲜明壮丽的图景：高插云霄的群山把新安江夹在中间，一道绿色江水，闪闪发光。

就在这大江两岸，高山被劈开了，人们搭起了一丛丛工棚，竖起了连绵的竹架，数不清的汽车拖着尘土的尾巴，在公路上飞奔，火车装来大批建筑材料，成群的船只运来了满载的细沙和石块，无数的风钻机在向岩山进攻，斗车在蛛网般的轨道上往返奔驰。

周围15公里，一片沸腾的声音。

江边一排工棚里，住着水电站的建设者。他们有来自官厅水库的机械施工队，有江西上犹的风钻机手和放炮工，还有浙江黄坛口、福建古田和广州、上海、南京等地的混凝土工、潜水工、电焊工、钳工、汽车司机等，一共1.3万多人。

他们之中有工农业战线上的英雄、模范，也有复员的志愿军战士和参加劳动的机关干部。

他们从全国各地来到新安江，却这样称呼自己："我们是新安江人。"

在风雪交加的夜里，他们一分钟也不停息地开挖基坑。在海拔115米的山腰上，他们仅仅依靠一根绳索，悬挂在那里敲开已经风化了的石块。

在离江底30米的河底探洞里，他们呼吸着极其恶劣的空气检查地质、岩层。

8小时不吃饭，不喝水，这对于"新安江人"已经是家常便饭了。他们趴伏在抖动得使人肌肉发麻的风钻机上8个多小时，让风钻钻到12米深的岩层里去。

修钎工人陶健安小组的修钎速度8小时修900根次，创造了修4417根次的当时全国纪录！

新安江，就像一朵带刺的玫瑰，十分妩媚可爱，但是在雨季，它却要吞噬多少万亩庄稼，刺伤多少人的心。现在，战斗在那里的英雄们真正要使新安江美丽起来了，他们将要把新安江的水变成取之不尽用之不竭的财富。

新安江水电站是我国自己勘察、自己设计、自己施工的，发电设备也是自己制造的。水电站装机容量58万千瓦，比官厅水电站大20倍，比我国当时最大的丰满水电站装机容量还多1.5万千瓦。

水电站的拦江大坝，相当于24层楼的上海国际饭店一个半高。这个大坝将要把新安江的水拦储在一个巨大的水库里。这个水库等于三分之一个太湖，比杭州西湖大3184倍。

水电站所用的建筑材料，如果用100辆汽车运输，需要8年多才能运完。

电站自1957年4月开挖后，原来计划1961年发电，后来水电站的建设者们决心提前一年，在1960年实现发电。

这天早晨，记者和工程局党委书记兼工程局局长王醒到工地去。

王醒告诉记者："这座电站，国家核定的投资是4.7亿元，反浪费运动开展以后，我们把电站的实际造价降低到4亿元。这样，每度电的投资只要0.24元，每度电的成本只要0.0079元。"

王醒停下脚步，向右山那密集的高压电线扫了一眼，继续说："电站建成后，每年发电18.4亿度，将以7条22万伏特的超高压输电线向上海、南京、杭州等地区送去，整个江南，将以新安江电站为中心，在方圆300公里内组成一个强大的电力网。那时，它对江苏、浙江、上海、安徽、江西等地工农业生产将起何等作用，是难以估计的。"

大家继续向前走，穿过拦江大坝工地，走到新安江西边，登高远望那弯弯曲曲的群山中许多广阔的盆地，这是新安江水库，水库调节洪水，可以使下游 30 万亩农田免除洪水灾害。

同时，下游航道经过一番修整，可以通航 100 吨的客货轮船。

王醒介绍说："这水库里还要放养 2600 万尾白鲢鱼、花鲢鱼和鲤鱼，年产 630 多万公斤，还计划养 10 万只鸭。光是养鱼，每年就可以收入 140 多万元。"

在回工程局的路上，王醒对记者说："新安江水电站决定在 1960 年发电，那就是说，花 3 年 9 个月时间，就要让大自然给人民提供财富了。"

后来，副总工程师潘圭绥告诉记者："苏联专家尤利诺夫 1 月底在这里说过，新安江水电站 1960 年发电，是打破世界纪录的。这话千真万确，记得美国过去建设波尔德水电站，曾花去 40 年时间。"

潘圭绥说着，从抽屉里拿出一本当时的英文杂志，指着上面的记载对记者说："就拿美国最近建筑得最快的一座水电站来说吧，比我们这个电站还小，也花去了 4 年 3 个月。我们可以自豪地说，我们的速度是当前世界上最快的速度。"

记者不由得问："这个速度的依据在什么地方呢？"

工程局党委副书记刘显辉回答说："依据就是 6 个字：天时、地利、人和。新安江电站处在最好的温带地区，冬天没有冰雪封地，夏天没有烈日蒸人，工地可以长年日夜不停工。这里的地质条件也好。再加上职工们空前的干劲，领导干部在整风后一面参加劳动，一面就地领导生产的新作风，这个速度我们是能够保证的。"

午夜，记者站在窗口，新安江上壮丽的夜景又呈现在眼前。一串一串的灯光，夺去了星星的光辉，连江水也照得亮亮的。

记者感叹道："这是多么强烈的光，将来，它要照亮江南的工厂、矿山和田野，在国家经济建设中，它要发出灿烂的光芒。"

胡耀邦视察新安江建设工地

1958年清明时节,浙西境内的新安江铜官峡石峰壁立,两岸青山连绵起伏,一江碧水顺着峡谷的左岸河道蜿蜒而下,气象万千。

万余名建设者正云集在这深山峡谷间,头顶青天,脚踏荒滩,开挖坝基,浇筑坝体,热火朝天,昼夜不断地兴建着我国第一座自己设计的大型水力发电站新安江水电站。

4月4日上午,新安江工程团委接到工程党委的通知:中共中央委员、青年团中央第一书记胡耀邦要来工地视察,并指定工程团委也派人去朱家埠火车站迎接。

工程团委副书记吕启祖接到通知后,当即与团委李文彪、孙强等人,随同徐洽时总工程师等,前往车站迎候。

11时左右,由金华开来的列车缓缓驶进站台,身穿深色中山装的胡耀邦笑容满面,信步走下列车,与前来迎接的人一一握手问候。

随后,大家一路边走边聊到新安江边,跨过江上用10多条木船连接起来的浮桥,来到紫金滩新近落成的外宾招待所。

在招待所二楼会议室,徐洽时向胡耀邦详细汇报了新安江水电站工程自 1956 年秋动工以来施工进展情况，特别是由上海勘测设计院更改后选定的大坝坝型结构和水利枢纽布局。

胡耀邦听得十分专注，并不时插话询问些情况。胡耀邦曾和徐洽时一道去过印度考察该国水电工程。所以这次他在听取汇报时，很快领会到新安江水电站的设计吸取了不少国外水电工程的经验，其中包括坝型设计方面的借鉴，并表示出很浓厚的兴趣。

用过午餐后，几位团干部鼓起勇气对胡耀邦说："耀邦同志，我们有个提议。"

胡耀邦问道："什么提议？"

团干部们说："我们想和你一起照个相，留个影。"

胡耀邦爽朗而微笑地答道："好啊。"他顾不得穿上制服，身着白色衬衣与大家走出了大门。

工地摄影记者徐欣葆很快选择了招待所大门东侧的一块场地，让大家围着胡耀邦坐在花坛边，另一部分人则站在胡耀邦身后，徐欣葆以局办公大楼为背景，为大家拍下了难忘的合影。

参加会见和合影的有土建公司、开挖大队、机械化站、汽车运输公司、岭后干校等单位的团委书记黄忠度、任佰胜、腾万年、李木兴以及宋其仲等团干部。

一起合影的还有总工程师徐洽时，副局长李旭、梁东初，工程党委副书记陈赞、刘显辉，局工会副主席郭宗彦。

胡耀邦视察工地的消息不胫而走，许多职工争先恐后赶来看望，也希望和胡耀邦合个影。

胡耀邦非常理解大家的心情，提议道："再找个大点的地方。"

于是大家簇拥着胡耀邦，沿着工地高低不平的石子路，走到新安江边的溪滩上，面对着建设工地再次合影。

闻讯而来的职工群众越来越多，徐欣葆也十分兴奋，怀揣着大相机，不时地看看人群、看看相机的取景框，不断变换着所站的位置，最后退到较远的一处高地上，以远处的铜官坝址和左岸正在施工建造的缆索桥墩柱为背景，拍下了上百人与胡耀邦合影的照片。

胡耀邦望着沸腾的工地和涌动的人潮，非常高兴，不时地与周围的人握手，问这问那。

胡耀邦问工程团委的干部："看来工地上大部分都是青年同志吧？"

团干部回答说："是的。"于是便把工地当时人数，主要来自何地，工地团组织如何设置，以及团员青年们在工程建设中的一些动人事迹等一一作了汇报。

吕启祖说："现在新安江工地的职工已达到1.5万多人，其中女职工1700多人。青年职工所占比例达80%以上。"

胡耀邦听后很兴奋地说道："好啊，让青年把美好的青春献给祖国壮丽的水电事业。"

大家听着这令人振奋的豪言壮语，一种从未有过的光荣感和使命感顿时在胸中升起。人们望着胡耀邦那睿智闪烁的目光，聆听他那铿锵有力的话语，都感到心潮起伏，暗下决心："一定不辜负胡耀邦同志的教诲，努力把工作开展好，把新安江电站建设好。"

当天下午，胡耀邦急着要赶回杭州，去上海参加一个重要的会议。可是工地派不出小车。

徐洽时叫来了局行政处副处长张跃金，张跃金报告说工地上只有一辆比较好一点的解放牌汽车。

大家心里都清楚，这辆车虽说比较新，但车厢上面搭了铁架子雨棚，平时仅用做接送工地职工上下班的。眼下要用这辆车来送胡耀邦同志，长途颠簸数百里，大家都感到过意不去。

然而胡耀邦得知情况后毫不在意，他诙谐地对徐洽时说："不管白猫黑猫，能抓住老鼠就是好猫。今天能送我到杭州就好。"

胡耀邦那风趣和轻松的表情，使大家不仅松了口气，而且都很感动。

16时，胡耀邦和陪同前来的几位领导，从汽车车厢后的铁梯处登上了顶盖油布、四周通风的车厢，挥手向大家告别。

胡耀邦视察新安江电站工地，看望建设者的消息，很快传遍了整个工地，给建设者们以极大的鼓舞，使大家感受到党中央对水电工人的关怀，感受到国家领导人对新安江电站工程寄予的期望。

胡耀邦的到来，大大增强了人们克服困难、艰苦创业的信心。大家为能建设这座空前规模的大型水力发电站而感到无比光荣和自豪。

在后来召开的工程局团员代表大会上，胡耀邦提出的"把美好的青春献给祖国壮丽的水电事业"这句勉励的话，成为大会工作报告的标题，鼓舞和激励着全体团员、青年职工向更高的目标迈进。

接着，在工程党委和工程团委的号召指引下，工地上纷纷组织起青年突击队，开展"班班不欠账，日日夺高产"、节约"万两黄金"等活动，涌现出张海云青年炉、张化元管路青年突击队等一大批先进集体和模范个人，掀起了轰轰烈烈的社会主义劳动竞赛的高潮，大大推进了工程建设进度。

1958年12月，建设新安江水力发电站的职工，为了争取这座电站在建国10周年时提前发电，根据新的技术措施加紧施工。

工地上呈现出一片紧张繁忙景象。施工机械的响声盖过了江水的呼啸，上万名职工不论在主体工程工地或辅助企业工作，喊出了一个相同的口号："为大坝升高立功！"

随着大坝的不断升高，机械浇捣的任务日益繁重，安装巨大的门式起重机的职工发挥了冲天干劲。

周恩来视察新安江建设工地

1959年4月初,党的八届七中全会在上海开完后,电力工业部副部长李锐提议请周恩来到新安江去,看看这个正在施工的大水电站。

李锐说:"这个工程完全靠自力更生,是自己设计的。7.25万千瓦一台的机组,也是哈尔滨厂制造的。只要新安江一建成,就可以证明:中国的水电建设能够做到多快好省,中国的能源政策和经济发展应当优先开发水电。"

周恩来到达杭州后,同意抽出一天去视察新安江工地。

新安江工程规模同吉林丰满电站相似,装机65万千瓦,大于丰满电站,当时在世界上也属大工程。

新安江开工后,遇到的困难特别多。如从捷克斯洛伐克订购的大型施工机械,被调到天安门的"国庆工程"去了。浇筑大坝用的几台门式起重机,是从丰满调来的20世纪30年代的老设备,其安全极令人担心。

最大的困难还是水泥,由于数量不够,被迫使用各种不够标号的水泥。

为解决水泥的数量和质量等问题,新安江副总工程师潘圭绥特于1959年3月11日赴北京,通过水利电力部向周恩来报告。

潘圭绥是1933年浙江大学土木工程系毕业的高才生，1951年参加了黄坛口电站的建设，1956年出席全国劳模大会时曾受到周恩来的接见。

3月14日上午9时，潘圭绥在李锐的陪同下，来到西花厅周恩来办公室。周恩来听取了李锐和潘圭绥的汇报，并请建设工程部部长刘秀峰一起参加。

潘圭绥见到周恩来和蔼的笑容，颤抖的手逐渐平稳了下来。

周恩来说："新安江电站目前在世界上也算得上是一项大工程。你们承担的是一项伟大的事业。最近我从电力工业部上报的一份材料上知道你们前段时间，大坝建设出现了问题，这可是一个了不得的事情，新安江大坝是千秋万代的事业，不能留下一点隐患。据说，你们最大的困难还是水泥，水泥数量不足，尤其是质量问题。为解决你们的困难，今天不仅请潘圭绥你到这里，还请了建设工程部部长刘秀峰一起听取你们的汇报，目的就是为了解决你们的困难。"

李锐插话说："新安江大坝前段时间出现的质量问题，我有责任。为节约水泥，混凝土内有48%掺和料，这明显影响质量。"接着他又说："现在国家调拨给我们的是低标号水泥，我们也只得用。"

周恩来面对着潘圭绥问："潘总，300号水泥过去用过没有？"

潘圭绥回答："300号水泥虽然没用过,在一个坝块上也曾用过几种水泥。"

这时,李锐又插话说:"他们虽没用300号水泥,没有经过试验,他们加48%的掺和料是错误的。"

周恩来听了潘圭绥和李锐的回答,全清楚了。他没有批评潘圭绥和李锐,怀着沉重的心情说:

新安江这么大的工程,要有一个安全系数,实验室跟大批量生产要分开,三种东西是有区别的,一种是礼品,一种是展品,一种是产品。你们生产的是产品,产品是要对用户高度负责任的,不能有一点马虎。

新安江下游的几百万群众也是你们新安江电站的用户,对他们的生命财产要高度负责。因此,新安江电站建设不能像搞礼品、展品一样搞得花花哨哨,不实用。

在场的潘圭绥、李锐,特别是周恩来特意请来的刘秀峰部长,被周恩来这一番话说得脸火辣辣的,水泥问题直接关系着整个新安江电站工程的进度和质量。他们三个人深深感到肩上压着的担子的分量。

周恩来接着又说:"新安江电站是全国的重点,以后水泥一定要保证质量。"

刘秀峰最后作了明确的表态:"今后新安江电站需要

的水泥保证保质保量，按时调拨。"

潘圭绥向周恩来汇报新安江的建设情况，在谈到一些专门的技术名称时，周恩来还详细地询问和亲自作着笔记。

周恩来接见潘圭绥等3人，从上午9时开始到下午3时结束，共花了6个小时。周恩来中午还和潘圭绥等一起共进了午餐。

原来潘圭绥打算是进京接受批评的，哪里想到批评的字一个也没听到，总理抽出了那么长的时间，谈新安江电站工程的百年大计，谈质量，细致到调度水泥为止。在告别的时候，周恩来还和潘圭绥约下了要去新安江工地视察。

1959年4月9日这天，天气晴朗，万里无云。上午10时左右，周恩来乘车来到电站建设工地，他一下车就笑容满面，神采奕奕，亲切地和大家握手问好。大家也向总理问好。

周恩来登上近百米高的拦河大坝，仔细察看工程建设情况。

一到工地，周恩来就登上跨江缆索桥，到右岸坝头看坝体浇筑。

到达右岸上坝公路，周恩来看到一位农村青年妇女手执小旗指挥来往的运输车辆，他就俯身亲切询问："你是临时工吗？多大了？家住哪里？"并风趣地说："你指挥千军万马，权力可不小咧！"

当得知那女子是水库移民来当临时工时,周恩来问:"你们愿意搬家吗?"

那个女子爽朗地回答:"国家建设大水库,我们情愿搬家为国家出力。"

周恩来很高兴,极力赞许地说:"过来,咱们一起照个相。"

很快周围就聚集了许多人。周恩来详细地询问电站的建设情况、施工进度和职工生活、家属居住、孩子读书以及看病医疗等情况。

周恩来每到一处,都大声地问候职工们:"你们辛苦了,毛主席让我来看望大家,向你们问好,你们都好吗?"

大家纷纷回答说:"都好!请您和毛主席放心吧,我们一定听党和毛主席的话,好好干,在工程党委领导下,齐心协力,按期把电站建成、发电。"

周恩来高兴地说:"好啊!好啊!"

这时,迎面遇见一位正在搬迁的移民老大娘。

周恩来迎上前去关心地问:"搬迁高兴吗?"

老人家回答:"高兴!"

周恩来又问:"搬家很麻烦,你怎么还高兴?"

老人家说:"托共产党、毛主席的福,我们穷苦人民翻身了。我们搬迁,政府给搬迁费,为我们建新房,给土地,还帮我们搬家,我们能不高兴吗?"

在右岸坝头一块平地上,王醒和工程局主要行政、技术负责人指着大坝各部位,详细介绍了工程概况和工程进度。

周恩来不时发问,热情赞扬工地管理和工人们的拼搏精神,并亲切指示:"要注意安全、保证质量,百年大计,质量第一嘛!"

各个坝段进度不同,坝上脚手架密密麻麻,工人们正在紧张浇捣,风水电噪声不绝,3吨重的混凝土吊罐在头顶上来去上下。

周恩来等人望着这些老设备,真担心出事故。

新安江工程的建设主要是靠丰满电站的老工人老设备而胜利完成的。那时还不是筑坝高峰,浇捣量每天不过5000立方米左右。

看完大坝,周恩来又来到朱家埠口的技术革新展览馆。

工作人员一齐拥到门口,大声叫着:"总理来了!总理来了!总理好!"

周恩来同他们一一握手,问这问那,他握着工作人员小訾的手问她多大了,家住哪里。

小訾激动得一句话也说不出来,周恩来理解她的心情,勉励她好好学习,努力工作,搞好电站建设,为祖国争光。

周恩来走进展览室,指着一台新式电焊机问:"普通的电焊机用多少矽钢片?这台不用矽钢片的电焊机比那台轻多少?"

在场的技术员熟练地向周恩来讲解了自制电焊机的性能，还作了操作表演。

后来看另一件革新的三用工具台，讲解员带着几分腼腆说："这是土办法做的，样子不好看。"

周恩来高兴地说："土办法没关系，能解决问题就是好办法。"

当年新安江工地实行土洋并举的建设方针，是具有中国特色的，由于技术监督严格，也没出过什么问题。

看完展览时，周恩来同三个讲解员亲切交谈，问他们家里有多少人，收入多少，工地生活过得怎样？

小訾和展览馆的工作人员脸上挂上了泪珠，说："总理，您可要多多保重身体啊。"然后目送周恩来离开。

在上车时，闻讯赶来的许多职工、家属都想靠近些看一眼周恩来，前拥后挤到周恩来车前，周恩来站在车旁亲切地和大家握手，问好。

随后，周恩来在工程局领导陪同下又乘车到10多公里外的江村埠。这个被新安江人称为"砂石之城"的江村埠是整个工程的后勤部，大坝每浇一吨混凝土，需要六七百公斤砂石料，这些砂石料全部取之于"砂之城"的砂石料生产，从挖沙、筛分、堆料，一直到运输都采用机械操作，场地上安置着各种各样的机械设备。

砂石料是混凝土的主要原料，运输皮带即达5公里长。周恩来对整个机械化作业很感兴趣，看了采砂船，又看筛分机。

一样样看完后,周恩来问身旁的工程局领导:"这些设备是哪个国家制造的?"

工程局领导回答说:"全是国产的。"

周恩来高兴地对周围的摄影记者说:"这么好的事情,为什么不多拍几个镜头。"

周恩来接着说:

> 群众是真正的英雄,古人道,"三个臭皮匠顶个诸葛亮",我们党干革命有两条根本经验,就是上有党的领导,下靠人民群众。这两条做好了什么问题都好解决。要记住这个真理。

周恩来在工地上见到潘圭绥时,他马上认了出来:"我们不久前见过面,你是潘副总工程师。"于是又问起主体工程还有什么困难,还缺什么,使潘总感动之至。

周恩来听了大家的工作汇报,亲临现场视察,深入车间和工人谈心,对大家的工作提出了详细的要求。

回到休息的地方,这是开工时就盖好的永久建筑,一栋三层专家小楼。

吃午饭时,周恩来看到餐桌上摆的全是杭州饭店的餐具菜肴,就有点不高兴地对随从人员说:"你们还怕他们这里没有吃的吗?为什么还样样从杭州带来?"

主人当即说这鱼是从江里新打出来的,并非是从杭州带来的。

周恩来一连吃了几块,称赞味道鲜美。

下午,周恩来就要返回杭州了。招待所门前已聚集了许多职工鼓掌欢送,周恩来招呼大家过来一起照了相,并连声说:"大家辛苦了!"

许多人激动得流下了热泪。

后来,电站混凝土浇捣突破一万立方米大关,这是当时中国从来没有达到过的纪录。水泥用量的增大,使原来山东等地较大水泥厂运来的水泥供应十分紧张,一下子就脱节了,一脱节,浇捣也停止了,局领导马上打电话向周恩来汇报。

周恩来得知后,知道国内水泥已不够用,就打电话给朝鲜的金日成,请他给予支援。结果当天连夜从朝鲜运来了一列车的水泥,这趟列车是直接从朝鲜一路绿灯开到新安江朱家埠的。

开展库区移民搬迁安置工作

1956年,国家内务部部长谢觉哉给周恩来的《关于移民工作的情况和意见的报告》中曾讲到我国自1956年开始的移民情况:

> 移民工作的主要目的在于开垦荒地,增产粮食和工业原料。同时为了适应国家和地广人稀的地区开展工矿建设的需要,向这些地区移民,使这些地区逐渐繁荣起来。但是由于缺乏经验,移民工作也曾发生了不少问题,有的安置地区接受移民的任务偏重,甚至超过了原有居民的户数;有的安置地址选择不当;有的安置准备工作不够,使移民的生活感到困难,不能及时参加生产。由于这些原因,导致有相当数量的移民情绪不安,跑回原籍。

浙江省委书记江华认真细读了国务院转发内务部的《关于移民工作的情况和意见的报告》后,深深感到新安江水库移民虽然没有动迁,但压力已经来了。

全国30万移民就出了那么多问题,新安江水库移民仅浙江就有23万多人,省委已向党中央、国务院许下承诺，是绝不能出事的。

江华当即在国务院转发的报告上签下了决定：

> 前车之覆，后车之鉴，新安江水库移民是硬任务，绝不允许出半点差错，此事由杨思一具体抓。

杨思一是当时省委常委、副省长，江华把这位四明山上下来的老革命放在新安江水库移民的第一线。

这么浩大的工程，这么多的人口迁徙，在新中国成立后尚属首次。

早在1954年11月15日，国家政务院批准撤销衢州区专员公署，改建建德区专员公署。建德区专员公署驻建德县，管辖原属嘉兴专区的于潜、昌化和原属金华专区的建德、淳安、遂安、分水、桐庐、寿昌及原属衢州专区的开化和省直属的富阳、新登，共11县。在大坝所在地新建建德区专员公署。新的区域管理模式为新安江水库移民奠定了体制保障。

1955年9月，建德地委根据浙江省委的指示，确定淳安县荷岭、里桑两乡及中坑乡的玳瑁岭为"上山移民"开发试点，以荷岭乡为主，建立淳安县兰玉坪农林牧畜合作社和里桑乡西岭分社，组织了城镇失业工人、转业军人和库内城镇贫民及农村地少生活困苦的农民550多人，开垦了荒地5000多亩。

在当时强大的安置力度下，人员集中了，资金投入了，但由于地势陡坡，土地瘠薄，加之地处深山，交通不便，人心难安，新垦荒地，农作物的种子都难收回。

兰玉坪农林牧畜合作社被迫停办。14个垦荒深山合作联社都遭同样的命运，中途夭折。新安江水库移民就近"上山移民"安置试点失败。

1956年1月，浙江省天目山区经济开发工作委员会提出了《新安江水电站淹没区移民方案》。该"方案"规划：

> 新安江水库移民采取开垦荒地，转入农业合作社，就地后靠及迁建城镇等4种方式安置。在建德、金华两地区和歙县安置移民17.8万人，还有8.5万人，依靠新建20家工厂，安排农民进厂当工人。

1956年5月，上海水力发电勘测设计局提出了《新安江水电站水库移民第二方案》。"第二方案"对《新安江水电站淹没区移民方案》主要提出两点异议：

> "第二方案"根据苏联专家建议，认为水库区农田淹没减产是国家的绝对损失，应尽量设法取得补偿平衡。如果工矿企业安置8万多人，国家就会补偿更多的粮食。如能从全省可垦地

来安置就有利于粮食的平衡，因此，应着重考虑嘉兴、宁波、温州三个专区的成块荒地及建德、金华两个专区和歙县的可垦地，充分利用安置移民。按"第一方案"征购土地，新城镇就地后靠，就地后靠两万多人，新城镇安置1.6万多人，嘉兴、宁波、温州、金华、建德垦荒安置16万人，转入合作社安置5万多人，总计可达25万多人。

移民房屋复建费，参照国内已有移民地区的资料，"第一方案"迁移费每人平均629元，就地后靠每人557元，明显偏高。"第二方案"认为，房屋复建费可以从402元降到335元，因此每人总投资可以从629元降到507元，另加10%的备用费，每人也有558元。

上海水电发电设计院最后提议，两个方案请浙江省委、省人委于6月底前一同报国家建设委员会审批。

当时流行的一句口号是：

国家不浪费，移民不吃亏。

浙江省天目山区经济开发委员会代表地方政府为民"请愿"，而上海水力发电勘测设计院站在国家投资利益一方，双方形成了对弈。

"第一方案"和"第二方案"摆在浙江省委常委会面前,新安江水电站一定要上,23万多新安江人一定要离开故土。

最后浙江省委作出了双方都能接受的折中决定。浙江省委、浙江省人委于1956年6月11日给中共中央、国务院并电力工业部抄上海水电设计院呈报了特急电报。电报中说:

> 新安江水电站初步设计中,有关水库区淹没区的移民问题,经过上海水电设计院及我省天目山区经济开发委员会一年来的勘探调查,取得如下的结果:
>
> 1. 水库正常水位110米时需迁移人口23万多人。淹没耕地33.3万市亩。本省待迁人口20多万人,在本省境内可全部安置。
>
> 2. 移民投资平均每人558元,包括生产恢复及补助费、迁移费、房屋建筑费及移民管理费等。以上结果经过我们审查,尚属合理,可以作为初步设计之用。

1956年6月20日,国务院给电力工业部转抄上海市委、上海水电设计院、新安江水利工程局下达电报,电报中说:

同意将新安江水电站正式列入第一个五年计划和1956年计划，1956年所需投资由你部自行调节解决。

当时杨思一手里拿着省委书记江华的批示和国务院的电报，心情比在四明山上面对敌人的围剿还沉重。

新安江水电站列入了"一五"计划，成为全国重点项目。建成后对中国的工业化和浙江的各项经济建设都有很大的推进。

但这项工程涉及23万多新安江人要离开故土！这是一项更大的系统工程，新安江水电站工程能否成功，在于23万多移民。

杨思一第二天就赶到建德，后来又到淳安、到桐庐、到金华、到嘉兴，最后他来到新安江水力发电站调研。

在桐庐，杨思一来到横村乡柳岩村村支部书记朱日华家，他们已经搬进了新建的移民房，杨思一问朱日华："你们从铜官移到桐庐，习惯吗？"

朱日华把自己的心里话都倒了出来："我们在铜官生活了几代，有的甚至生活了几十代了，我们当然不愿意离开自己的土地和房屋。耕人家的地，种人家的田，哪有种自家的田好呢？移民嘛，响应国家的号召，也是应当的。"

杨思一见朱日华的爱人在磨豆腐，就问："你们这石磨也是从铜官运来的？"

朱日华笑笑说："移民时动员我们说，你们移到桐庐，还一样要耕田种地，家里需要的东西该搬的都要搬去。所以我们原来铜官家里的东西都搬来了。那时家里也穷，也没有什么东西搬。"

杨思一深感移民们的善良。

4年完成近24万人的移民任务，这是一个无法更改的进度表。杨思一赶回省城，就和省人委办公厅、省林业厅等部门一起分析形势，认为移民的4个时期是根据工程进度需要确定的。移民工作必须服从工程需要，如期完成移民转迁任务。很快，浙江省委、省人民委员会向华东局和党中央国务院承诺："移民工作一定要做好，绝不拖工程的后腿。"

省委分析当时的有利形势很多，农村已基本走上了合作社，而且是高级社，土地都已经是集体所有了。从调查的情况看，建德地委在工区移民试点中分散插队的做法普遍受到移方和接受方的欢迎。最后定下了新安江水库移民的方针、任务、政策：

方针：分散插队，山区居民移山区，平原地区移平原。

任务：浙江部分共移21万人，建德专署提出安置7万人，金华专区安置6.5万人，嘉兴专区安置7.5万人。

政策：国家不浪费，移民不吃亏，每人平

均补偿不得突破558元。

经杨思一亲自调查、制定的《关于新安江水库移民工作的几点意见》提交了省委常委会。

省委书记江华在听取各位常委们的发言后，慎重地说："今年上半年全国开发性移民只有30多万人，而且他们都是自愿迁移的，结果出了那么多的问题。而新安江水库的移民，他们大多都留恋故土、故乡，他们是非自愿的水库迁移，这就更应做好工作，落实好政策，千万不能出现由于安置不当造成倒流的情况。"

1957年6月25日，经过浙江省委常委会通过的《关于新安江水库移民安置工作的初步方案》以浙江省人民委员会的名义颁发了。

"初步方案"确定的移民安置区为建德、金华、嘉兴3个专区的29个县，移民安置后每人能保持一亩以上的耕地。

"初步方案"规定安置以分散插队，继续从事农业生产为主，转入工业、手工业、交通运输业为辅，并照顾原有职业、生产习惯适当安置的方针。

"初步方案"规定安置方式分散插队17.8万人，就地后靠1.6万人，新城镇1.4万人。

"初步方案"规定安置进度：1957年6714人，1958年2.8万人，1959年4.8万人，1960年12.1万人。

"初步方案"规定淳安县城迁至排岭；遂安县城迁至

汾口；茶园、港口两镇合并迁至建德白沙乡；威坪镇迁至唐村。

从当时的情况看，"初步方案"应当说是一个便于操作，也会受到迁移者和接收者欢迎的方案。如果用好每位移民558元的安置费，执行好"初步方案"，那么新安江水库移民肯定是一项成功的事业，会成为全国的水库移民的典范。

国务院又经历了一年多的协商，从当时的国力出发，在1956年至1957年已经搬走了近两万新安江水库移民之后，国务院下发《关于新安江水电站移民投资指标问题的批复》：

> 房屋复建费以每人15平方米计算，造价按每平方米18元计算，每人平均270元；迁移费每人平均按50元计算；土地补偿费50%按3年产量计算，其余50%按两年产量计算，移民土地补偿指标每人应控制在96元，行政管理每人8元，每个移民的投资指标可控制在478元以内。移民人数包括安徽省在内共23万多人，移民总费用由原来的1.3亿元降低为1.13亿元。

按照当时的物价和工资水平，478元的移民安置费不算低。20世纪50年代，稻谷也是七八元一担，一个刚参加工作的学徒，每月工资也就是20元左右。

新安江水库移民工作与新安江水电站的勘测设计几乎同步推进，几个论证的方案应当说是比较科学的，也是易于操作的，移民的补助费从当时的国情出发，定的应当是合理的。

新安江水库淹没土地之广，移民数量之多，是建国初期重振山河的伟大创举。

通过对库区移民的社会主义教育运动，落实了移民的经济政策。库区移民消除了土地为命、故土难离、祖坟可敬、井水照影、亲属相依和金窝银窝不如自家草窝的传统观念，提高了思想觉悟，自觉地写出了"支援新安江，迁去新家乡，建成水电站，幸福万年长"的标语，紧密配合施工建设的进程，如期搬出库区，反映出服从大局的爱国之情。

建设者自己动手补充食物

1959 年至 1961 年，正是电站建设的关键时刻，建设者正争取水库提前蓄水，电站提前发电。

这时，国家遭遇了经济上的暂时困难。职工，特别是施工一线以体力劳动为主的职工，吃不饱肚子，干活没力气。

国家定量供应的粮食，数量上并没有减少，但是副食品，尤其是肉、蛋、鱼等市场上奇缺。

食堂供应的米饭，先放在大锅里煮熟，再放在大蒸笼里洒水蒸涨，然后供应给职工。这种饭表面上数量是多了，但是，吃下去很快就饿了。

当时，工程局行政办的张锋经常托人走后门从豆浆店买些豆腐渣或到农村买些高价芋头吃，因为一天到晚肚子总感到饥饿。

干重体力劳动的工人，一个月的口粮半个多月就吃光了。曾经出现个别工人粮食吃光了，不起床不出工的现象。

工地上接连发生了比较严重的浮肿病、肝炎、妇女病等。

当时，职工吃不饱肚子是个非常严重的问题，引起了局领导的高度重视。

于是，工程局召开会议决定：怎么办？学习延安时期南泥湾精神，国家发动群众，自己动手，丰衣足食。

经过反复宣传发动，各级领导带头，群众很快动员起来了，一切零星闲散土地都种上了粮食或蔬菜。有水的地方还种上了水稻。

有的施工队抽出专人来到水库孤岛上开荒种玉米、种地瓜。

张锋带领着行政办的人员，利用下班后休息时间，在紫金山脚下挖坑种南瓜，割葛藤砸藤粉。

在当时，厕所里的粪尿，也成了大家争抢的"宝贝"。

经过调查，张锋发现江村埠砂石料场农副业搞得最好。他们种的粮食、蔬菜，不仅使职工能吃饱，而且养起了猪，使职工有肉吃。职工吃饱吃好了，干劲更足了，创造了日产砂石料超万立方米的新纪录。

于是，张锋向工程局党委书记陈赞汇报了这些情况，陈赞听后也很高兴，并决定：在砂石料场召开现场会，推广他们的经验。

陈赞书记在会上表扬了砂石料场，号召全局职工向他们学习，把工地上一切可以利用的零星闲散土地都利用起来，自己动手，种粮种菜，战胜困难。

会后不久，全局上上下下都行动起来了。

找不到土地的人，就平整石头渣堆，然后从别处运来土造地，种上粮食作物或蔬菜。

广大职工，尤其是一线工人吃不饱的问题很快解决了，鼓起了更大的革命干劲，掀起了工程建设的新高潮，如期实现了"水库提前蓄水，电站提前发电"的目标。

事后，工程局在总结这段过程的时候指出：

> 在这里揭示了一条真理：有党的坚强领导，把广大职工群众充分动员起来，万众一心，发扬自力更生、艰苦奋斗精神，就能战胜任何困难，取得胜利。

进行电站大坝捣固浇筑施工

1959 年 2 月初，天气报告已为零下 5 摄氏度。按规定，大坝浇捣在零下 5 摄氏度的条件下，是不可以施工的。但为了抢时间，指挥部决定仍不能停工。

于是，邵根清率领的青年突击队浇捣队在大坝上生起了许多大火炉，用火炉来增加作业面上的气温，浇捣队振捣班 10 个十八九岁的青年，在坝上加班加点挥汗如雨地连续干了 12 个多小时，但干着干着，水泥搅拌机突然坏了，机器停下抢修时，振捣班的工作也只好暂时停了下来。

当时已经是凌晨 2 时左右了，9 个穿着雨衣坐在原地休息待命的突击队队员，由于十分疲劳，靠躺着不久就一个个都睡着了。

邵根清为了不让这些睡着的同事感冒，也为了火炉里的火不会熄灭，他不停地为周围的几个火炉添柴。

正在此时，一个头戴安全帽身着雨衣的高个子走到邵根清的面前，看着无声无息躺着的一排工人，问邵根清："这是怎么一回事？"

当邵根清把情况向这个人汇报时，20 米之外教导队的丁支书也朝这里走了过来，他见振捣班的突击队队员半夜三更竟然一个个躺在工地上睡觉，顿时气不打一处来。

丁支书正要批评大家，站在邵根清身旁的那个穿雨衣的人连忙制止他："丁支书，别喊了，让他们睡一会儿吧！这些小青年如果不是为了建设我们的电站，现在一个个还不是都躺在校舍里或家里那温暖的被窝里啊！"

丁支书一看，那人竟然是工程局党委书记王醒，于是只说了句："王书记你怎么也在这里？"然后便不吱声了。

工程局党委书记王醒是新安江电站工地上最大的领导，他也是周恩来称之为"红色水电专家"的一个老知识分子。

当时王醒手下有3万多建设工人，他负责整个工程的谋篇布局，也可说是一个日理万机的大忙人了。邵根清怎么也想不到在零下5度的凌晨两三点钟，他一个人会出现在大坝工地上，还突然站在人们的面前，并讲了这番暖人心肺的话。

当时的工人，多干少干都不会同个人切身利益发生多大关系，领导也根本不用奖金或晋升工资的方法来激励手下的干部和职员，无论是上级领导还是基层工人，大家只有一个"多快好省建设新中国"的信念和目标。

王醒走后，突击队的队员们醒来了，大家知道了此事，一个个都觉得十分愧疚，当邵根清把王醒当时说的话说给大家听时，好多青年都感动得流下了眼泪。

大家从而更加自觉积极地把自己的青春无私地奉献给了整个电站的建设工程。

1959年9月,工程遇到了多次洪水袭击,洪水曾两次漫过正在浇筑的坝体,左岸坝头山坡发生大塌方。这件事还惊动了周恩来。

周恩来亲自赶赴工地视察,并指出"新安江是新中国建设重点工程,一定要在保证安全的情况下有序进行"。

周恩来还批示:

一定要保证水泥质量,水泥问题关系着整个新安江工程的进度和质量,千万马虎不得。

当时的新安江水电站建设工地由中国人民解放军日夜守卫,四周都是高射炮部队和雷达部队。电站每层都有解放军战士守卫着,进出人员都得带上"护照",这种"护照"是特制的,上面写有本人的详细资料,"护照"的颜色分为3种,不同颜色表示不同人在水电站建设工地进出的不同区域。

新安江水电站建设大军来自全国各地,南腔北调,总是很热闹。

为了鼓舞大家的干劲,每隔一段时间,工程党委都会发出一些口号。"5年计划,3年完工","要让高山低头、河水让路","人人为早日发电立功",等等。

在口号和目标的鼓舞下,大家的干劲也越来越足。在浇筑一个大坝时,需要大量石料,不分管理人员和工人,大家齐心协力地奔向河边滩涂挑石头。

新安江水电站安装发电机组

1959年9月21日12时至15时43分,新安江水电站工地的建设工人们放下了最后一扇导流底孔闸门。

至此,新安江水电站的截流工程比原计划提前一年完成了。

新安江上游的水在这里被铁壁一样的拦江大坝堵住,蓄入水库。

新安江水电站工程的建设又进入了一个新的阶段,那就是在继续加高大坝、以确保1960年汛期安全溢泄洪水的同时,集中力量大规模地安装机电设备。

提前一年截流蓄水,开始发电日期就将大大提前。这是建设工人们贯彻执行党的社会主义建设总路线的巨大胜利,也是他们以实际行动响应党的八届八中全会号召,鼓足干劲干事业的重大成就。他们以这个成就向新中国成立10周年献礼。

1960年1月5日,我国自制的功率为7.25万千瓦的水轮发电机组,在新安江水电站安装好。

只待电站的蓄水到达发电高程以后,新安装的发电机组就可以马上发电。

当时,建设新安江水电站的职工加快步伐安装第二号发电机组。

1960年7月的一天，杨均学刚到工地没多久，就被分配到开关站工作。水电站建设工地通往开关站的道路，堪称是一条"天路"。那是一条由0.4米宽、6米长的水泥板搭成的路，离地面有125米高，悬在半空中。

第一次过这条道，杨均学几乎是抱着水泥板，身体贴在上面，一步一步地爬到开关站里去的。到后来胆子渐渐大了，则如履平地。

1960年7月中旬，杨均学和七八个工人一起乘坐一部电梯下去运水泥。

电梯停在125米的高处，当他们坐上电梯，下降至70米高时，电梯突然出现故障，失控的电梯垂直往下掉，杨均学他们成了"自由落体"，耳边传来警报声。

离地面还有20多米时，突然，只听"轰隆"一声，电梯被旁边一块突出来的水泥板给挡住了。所有人都倒吸了一口凉气："要是没有这块救命的水泥板，我们肯定被摔得粉身碎骨。"

大家正是凭借这样的干劲，大大加快了水电站工程的进度。

艰苦年代，大家都知道国家困难，懂得勤俭，从不浪费物件。工地上几乎看不到被丢弃的螺丝或钢丝。

那几年是国家的困难时期，工地上的伙食能吃饱已经很不错了，难得有点肉，大家还互相推让。

1960年4月22日，是新安江水电站第一台机组开始发电的日子。

大家欢欣鼓舞，厨师特地烧了几个好菜，不知是谁从哪里弄来了一小瓶米酒，大家边喝边唱歌，好好地庆祝了一番。

中央人民广播电台在广播1960年中国取得的伟大成就时说：

> 中国乒乓球第一次获得世界冠军、中国第一颗原子弹试爆成功、新安江水电站建成发电……
>
> 这大长了我国人民的志气，增长了我国的国际地位。

1964年10月8日，由巴基斯坦政府交通部部长汗·阿·萨布尔·汗率领的巴基斯坦友好代表团，冒雨参观了新安江水电站。

汗·阿·萨布尔·汗团长称赞新安江水电站是中国人民自力更生建设的伟大成就。

他表示深信，只要亚非国家人民互相学习，互相支援，是没有不能建设的东西的。

陪同巴基斯坦贵宾参观的，有我国交通部部长孙大光和杭州市副市长周峰。

当晚，巴基斯坦贵宾应邀出席了浙江省省长周建人为欢迎他们举行的宴会。周建人等人为客人介绍了新安江水电站的建设情况。

新安江水电站除了发电外,还能拦洪蓄水,减除了下游洪灾。

新安江水电站有力地促进了附近地区的工农业生产和城市建设。

水库内山峰翠叠,湖水澄碧,浩瀚似太湖,秀丽胜西子,发展为旅游和渔业基地。

新安江水电站输送电流,创造产值,积累了数倍于投资的资金。

巴基斯坦贵宾对新中国取得的建设成就无比敬佩,并表示,一定要向中国人民学习,使自己的国家也能像中国一样发生翻天覆地的变化。

本书主要参考资料

《国家特别行动：新安江大移民》童禅福著 人民文学出版社

《新安江水电站工地写生集》汪诚一等著 上海人民美术出版社

《行走新安江》赵焰著 安徽文艺出版社

《岁月——新安江水电站建设纪事》政协浙江省建德市委员会编著

《新安江大移民：新安江水库淳安移民纪实》余锦根主编 浙江人民出版社

《新安江水电站志》《新安江水电站志》编辑委员会编 浙江人民出版社

《新安江水电站建设汇编》中共新安江水力发电工程委员会办公室编